AF131853

# L'Interne

# Tome 1 :
# Première année

## Emily Chain

# L'INTERNE

## Tome 1 :

# PREMIÈRE ANNÉE

### Emily Chain

So ROMANCE

www.soromance.com

# Chapitre 1

**Newark — 2016**

— Tu as mis quoi là-dedans ? Ça pèse une tonne… ronchonne James, en soulevant difficilement l'immense caisse métallique, qui renferme la moitié de ma bibliothèque murale, désespérément vide, devant moi.

Trois mois que je tente de me faire à l'idée… Newark n'est plus mon chez-moi à partir de ce soir. Une boule à la gorge, je retiens difficilement les larmes qui menacent de s'échouer sur mes joues. Des années que je suis ici…

— Où est-elle ?

La voix de ma mère me tire de la contemplation des étagères vides, mon visage s'illumine en voyant son air jovial.

— Ta mine est affreuse, s'exclame-t-elle, tout sourire.

Je fais mine de m'offusquer avant d'exploser de rire. Elle me rejoint en gloussant, zigzaguant entre les différents cartons du déménagement.

— Le grand jour, ma chérie !

Elle me prend dans ses bras en disant ça. Je me mords les lèvres pour ne pas m'effondrer au contact rassurant de son étreinte. Sa présence va tellement me manquer.

— On ne pleure pas… me chuchote-t-elle, alors qu'un premier sanglot s'échappe de mes lèvres.

J'acquiesce d'un petit hochement de tête, encore dans ses bras.

Elle pose une main réconfortante dans mon dos avant de s'écarter de mon emprise.

Mes yeux ont rougi, mais aucune larme ne vient gâcher mon léger maquillage.

— Tu viendras me voir, hein ?

Mon ton est plaintif. Sereine, ma mère me répond doucement :

— Mais oui, ma chérie. Los Angeles ce n'est pas si loin de Boston tout de même.

Elle lève les yeux au ciel pour appuyer sa remarque, ce qui m'arrache un sourire.

Los Angeles… Cela me paraît si loin.

— Les filles, si vous voulez m'aider, c'est avec plaisir, lance James à l'entrée de l'appartement.

Immédiatement, ma mère prend un carton dans les bras et s'avance vers lui. Culpabilisant de ne rien faire, je l'imite avec un carton un peu moins gros. Une odeur de cannelle s'en échappe et je ne peux m'empêcher de l'ouvrir pour en comprendre l'origine.

J'avance de quelques pas pour le poser sur le comptoir de la cuisine. Le scotch récemment apposé sur le carton se soulève facilement. Je découvre de nombreuses variétés d'objets. Je comprends rapidement que c'est le reste de l'appartement que James a dû considérer comme inclassable.

Je n'ai pas beaucoup aidé à l'emballage ces derniers temps, trop prise dans les examens de fin d'année. Même si je ne compte pas m'inscrire dès notre arrivée à Los Angeles dans une école de médecine pour terminer mon internat, louper les examens après trois ans d'externat me paraissait impensable.

Le petit objet marron clair dégageant de l'odeur de cannelle est une petite bougie que la petite sœur de James a ramenée de l'un de ses nombreux voyages en Inde. Une vraie Yogiste passionnée, au grand dam de son frère.

— Julia, tu ne vas pas commencer à déballer nos cartons...

Le ton exaspéré de James me fait piquer un fard. Je ne suis pas la meilleure aide de camp apparemment.

— Tu ne veux plus partir ?

Sa voix est différente. Je me retourne vers lui, les sourcils froncés. Son expression est bien moins confiante que d'habitude, sa mâchoire tremble.

— Mais non, bien sûr que non... le rassuré-je.

Il se crispe. Je ris.

— Enfin, oui... Tu sais bien... Je veux partir avec toi au soleil !

Je lui saute au cou en disant ça, provoquant un de ses fameux sourires qui, plusieurs années auparavant, m'avaient chamboulé dans un bar de New York.

— Tu es toujours aussi beau, roucoulé-je.

Il pose ses lèvres sur les miennes avant de retirer mes mains de sa nuque.

— On a du boulot, mademoiselle !

Je fais la moue, contrariée d'être repoussée ainsi.

— Plus vite on finit là, plus vite je te ferai passer la porte de notre nouveau chez nous, me susurre-t-il, avant d'embarquer le carton de vracs hors de l'appartement.

Je rougis, lançant doucement :

— On ne fait ça qu'après un mariage.

— Je prends un an d'avance alors ! répond-il, déjà dans les escaliers.

L'allusion à notre prochain mariage me fait oublier la peine que je ressens à l'idée de quitter cette ville et ce loft où tant de souvenirs sont rattachés.

*Deux ans que James avait déboulé un peu ivre dans cet appartement, en soutenant une de mes amies de l'école de médecine.*

*— Je la pose où ? m'avait-il demandé en soutenant le regard froid de son collègue de débauche, un peu déçu de jouer les chaperons pour demoiselles en détresse.*

*— Ici, je vais m'occuper d'elle. Merci de m'avoir aidée... Je ne sais pas ce que j'aurais fait sans vous.*

*J'avais gloussé, l'alcool jouant également sur mes capacités. Mon amie s'était allongée sur le canapé, s'endormant au bout de quelques secondes.*

*Le ronflement de cette dernière avait fini de nous plonger dans l'embarras.*

*— Un dernier verre, m'avait proposé James alors que son collègue le tirait déjà par la manche pour sortir de l'appartement.*

*En temps normal, j'aurais dit non. Mais l'alcool et son attitude chevaleresque avaient eu raison de moi. Trois mois plus tard, il emménageait ici, avec moi.*

— Et le dernier !

Le cri de soulagement de James me tire de mes pensées.

— Carole, votre fille est une véritable déménageuse, dis donc...

Son ton ironique n'échappe pas à ma mère qui lui lance un clin d'œil appuyé. Ils s'entendent merveilleusement bien. Que pouvais-je rêver de mieux ? Ne pas partir à l'autre bout du pays ? Oui, c'est vrai. Mais James a l'occasion de devenir associé dans un immense cabinet d'avocats de Los Angeles, c'est une offre qu'on ne refuse pas. Hors de question de gâcher son talent. Des Écoles de médecine, il y en a partout et fonder une famille ici ou ailleurs, peu importe.

— Je déballerai les affaires là-bas, promis !

Ma mère et James partagent un éclat de rire et je tente de l'ignorer, susceptible de nature.

— Bon, je vous remercie Carole. Vraiment !

La voix de James est plus sérieuse. Il utilise ce ton lors de ses plaidoiries face au jury. Cela le rend atrocement sexy. Je rougis une nouvelle fois, mais ma mère est trop occupée à serrer son futur gendre dans les bras.

— N'hésitez pas à venir souvent nous voir.

Elle répond d'un sourire. James ne se force même pas avec elle. Parfois d'extérieur, on pourrait se demander lequel de nous deux est son enfant.

Je m'avance tandis qu'il sort de l'appartement pour nous laisser un peu d'intimité. C'est une autre de ses qualités. James est toujours prévenant.

— Tu m'appelles quand votre avion est arrivé ? Si tu as quoi que ce soit, s'il te manque un…

— Maman, la coupé-je. Tout va bien se passer… Tu viens me rendre visite en novembre pour la robe de mariée. Et même avant, si tu le souhaites.

Le visage de ma mère s'illumine.

— Alors, c'est bon ? Vous avez décidé la date…

Je soupire face à l'excitation qui se dégage de cette femme à la simple évocation de notre futur mariage.

— Non, pas encore, mais nous aimerions que cela soit l'été prochain. Il faut voir ça là-bas…

J'ai moi-même du mal à garder un visage neutre. Mon rêve de petite fille se réalise. Un mari aimant, un beau mariage, deux ou trois enfants… Une vie de famille comblée et paisible.

— Je suis heureuse que tu aies trouvé James, ma chérie.

Elle me prend dans ses bras une dernière fois. Cette fois-ci, ce sont ses larmes qui coulent sur le bord de mon petit gilet.

— Tu as grandi si vite...

Je ris. N'est-ce pas là, la réflexion que chaque fille entend à son départ du cocon familial ?

— Maman, tu étais déjà à plusieurs heures de route de chez moi, lui chuchoté-je en retenant mes propres sanglots.

Elle se recule en essuyant d'un revers de la main ses larmes.

— Je sais bien, c'est idiot, mais je ne verrai pas mes petits enfants chaque soir en venant les chercher à l'école...

Sa mine déconfite me fend le cœur.

— Mais ils viendront passer de longues et merveilleuses vacances chez leur grand-mère préférée, la rassuré-je.

Elle secoue la tête, un faible sourire sur le visage.

— Tu vas être une mère incroyable, me souffle-t-elle, avant de se moucher dans un petit morceau de tissu en papier.

— Essayons déjà d'être une bonne épouse...

Le clin d'œil malicieux que je lui adresse vainc ses larmes.

Le bruit du camion de déménagement attire notre attention.

— Je dois y aller. Mes affaires sont déjà en route, plus qu'à prendre l'avion pour le soleil.

Le soleil se trouve aussi à Newark aujourd'hui. C'est d'ailleurs le plus dur... J'aurais aimé que la pluie soit avec nous, pour montrer à quel point je manquerai à cette ville autant qu'elle me manquera.

— Bronze bien, me lance-t-elle, alors que je quitte l'appartement.

Ma mère reste pour rendre les clés, tandis que je monte dans le taxi que James a commandé. Il jette un dernier coup d'œil à la façade et me rejoint.

Cette ville lui manquera aussi.

— Nous avons vécu de belles années ici, marmonné-je sur le point de m'effondrer.

Il relève mon menton du bout des doigts.

— Celles qui nous attendent le seront encore plus, m'assure-t-il.

Son regard me réconforte, tandis que nous quittons notre vie ici.

# Chapitre 2

Il pleut.

J'ai été étonnée de voir à quel point la pluie est fréquente ici. Moins que sur la côte Est bien sûr, mais tout de même, il pleut. Le signal du déclenchement automatique du répondeur me tire de mes rêveries :

*Vous avez un nouveau message... Bonjour, James, ici Jacob Morow. Auriez-vous un moment à m'accorder dans l'après-midi ? Rappelez-moi.*

La voix de l'homme m'est inconnue, comme la plupart de ceux qui laissent un message sur notre répondeur. Je l'ignore et retourne à mon activité. Tout du moins, si tenter de trouver une journée de libre dans l'emploi du temps de James peut s'appeler une occupation. Le petit calendrier qui trône devant moi est rempli de traces noires. Par endroit, l'encre a coulé, effaçant des jours de la deuxième semaine de juillet.

— Qu'importe, soupirai-je. Il ne sera pas là.

J'accompagne mon murmure grognon d'une nouvelle barre foncée. Cet après-midi figure encore dans les rescapés de mon stylo vengeur. Je laisse la mine au-dessus, sans me décider.

La porte d'entrée claque et je manque de peu d'étaler l'encre sur la totalité du mois.

— Chérie ?

La voix de James est étouffée par l'étage qui nous sépare. Ce loft a beau être extrêmement moderne, l'obligation de descendre et monter sans cesse m'exaspère.

— En haut…

Ma voix ne porte pas beaucoup, mais James semble m'entendre. Ses pieds tapent un à un les marches de l'escalier en fer forgé qui mène à mon bureau.

— Désolé d'être parti tôt ce matin, minaude-t-il en s'approchant de moi.

Je reste stoïque sur mon grand siège de bureau en cuir noir. Hors de question que je me laisse attendrir aussi facilement.

— Je sais comment me faire pardonner, continue-t-il en posant ses mains chaudes sur mes épaules.

En temps normal, je me plains de cette chaleur moite qui se dégage continuellement de son corps, mais le temps pluvieux me provoque des frissons et son contact est rassurant.

Il penche sa tête vers la mienne espérant un baiser de ma part.

Immobile, je fixe l'épaisse averse qui s'acharne sur la vue normalement splendide que notre loft nous offre chaque matin.

James soupire, tirant le fauteuil vers lui avant de le faire pivoter. Malgré moi, je me retrouve face à lui, les sourcils froncés.

— Ne sois pas fâchée, mon ange…

Sa moue peinée parvient presque à me faire changer d'avis. Comment puis-je en vouloir à cet homme aimant… Mais la date sur le calendrier me revient en mémoire et ma mâchoire se contracte.

Il le voit.

— Comment me faire pardonner ? Un dîner rien que toi et moi ? Un voyage ? Une sortie… Un film… Une soirée ici, tranquille… Dis-moi…

Il me supplie maintenant.

— Nos 5 ans, James… articulai-je péniblement en tentant de ne pas m'effondrer sous des torrents de larmes, comme semble le vouloir mère nature.

Sans attendre, il m'enserre de ses bras.

— Je suis tellement désolé d'avoir dû partir aujourd'hui… Mais je te promets que le reste de la journée est pour nous.

Je ravale la réflexion cinglante qui me brûle les lèvres. Il ne sait pas encore pour le message sur le répondeur.

— Écoute le répondeur.

Je peine à garder un semblant de contenance. Il m'observe sans comprendre, mais obtempère.

Ses mouvements sont gracieux sous sa chemise bleu ciel, assez cintrée pour mettre sa fine musculature en valeur. Son chino marron clair lui colle un peu plus que la plupart de ses pantalons de costume.

Sa tenue est le seul élément qui prouve qu'aujourd'hui n'était pas une journée de travail normale.

— Tu étais où ?

Mon ton suspicieux ne manque pas de lui faire hausser les sourcils de surprise. Je ne suis pas une femme jalouse, mais la colère parle en cet instant.

— Avec les associés, nous avions…

Ses doigts appuient machinalement sur le bouton du répondeur et il s'arrête en plein milieu de sa phrase pour écouter la voix de Jacob Morow déblatérer sa demande de rendez-vous.

Comme je m'y attendais, James grimace.

Je suis une nouvelle fois en train de perdre face à son métier.

Depuis trois ans, je ne le vois quasiment plus. Nos anniversaires de rencontres sont passés comme celui-ci, à la poubelle.

— Je peux ne pas y aller, mais…

Je me pince les lèvres, quand une larme s'échappe de mon œil droit. Les dés sont jetés.

— Mais cela pourrait impacter ton avenir en tant qu'associé senior… finis-je.

Je connais cette phrase, je l'entends depuis son premier jour de travail ici.

— Chérie, ce n'est pas simple pour moi, tu sais…

J'explose. Comme à chaque fois que nous avons cette conversation.

— Pas simple ? James, tu repousses notre mariage depuis trois ans à cause du manque de temps ! Tu oublies mon anniversaire, notre anniversaire… Et, sans ta sœur, tu aurais oublié le tien par la même occasion. Réveille-toi, tu passes à côté de la vie là.

Mon énervement se dissipe aussitôt ma tirade sortie. La tête me tourne et je me rends compte que je me suis brusquement levée de mon fauteuil pour lui dire ses quatre vérités. Il m'observe les yeux ronds. Cette fois-ci, mes mots ont été plus rudes.

— Je… Si c'est vraiment important, je peux… balbutie-t-il en m'observant, soufflé par ma réaction disproportionnée.

Elle l'est. Je m'en rends compte. Mais je deviens folle entre ces quatre murs la moitié du temps, seule. Heureusement que j'ai réussi à trouver des occupations extérieures.

— Je n'en peux plus, James…

Ma voix n'est plus qu'un murmure.

Il s'avance, l'air désemparé.

Je me défile face à ses bras ouverts, il accuse le coup sans un mot.

— Ne me quitte pas, Julia, je t'en prie. Je vais faire mieux, on va trouver une solution.

— Promets-moi de ne plus repousser le mariage, l'implorai-je en m'asseyant sur le lit qui trône au milieu de la pièce, à quelques mètres de mon bureau.

Il me suit, prenant mes mains dans les siennes.

— Je te promets qu'on sera mariés dans un an.

Ses yeux plongent dans les miens et je me persuade qu'il est sincère.

— D'accord… vas-y, soufflé-je, tandis qu'il approche son visage du mien.

Son baiser est doux et hésitant au début. J'entrouvre les lèvres pour lui faire comprendre que je ne suis pas fâchée. Pas trop. Sa réaction est immédiate. Il plaque ses deux mains sur mon visage, s'avançant plus près de moi. Son contact se fait plus passionné, mon corps bascule sur le lit. Il m'accompagne, de plus en plus entreprenant. Je ne peux m'empêcher de sourire entre deux baisers. Il couvre mon cou de baisers, me susurrant des « Je t'aime ». Ses doigts courent le long de mes hanches dans l'idée de m'enlever mon haut quand le téléphone sonne.

Il se relève d'un coup et je ris de bon cœur. Sa chemise débraillée et ses cheveux en bataille me rappellent notre vie à Newark. Plus spontanée et passionnée. La nostalgie s'empare de moi, mais je la chasse en me relevant aussi rapidement que lui.

Mon état est aussi débraillé. Mon chignon est complètement défait laissant mes longs cheveux châtains tomber en cascade dans mon dos.

— Ravissante, me souffle-t-il en décrochant le téléphone.

Il fronce les sourcils, avant de cacher le micro de sa main.

— Tu avais un rendez-vous gynécologique aujourd'hui ?

Je lui fais non de la tête, avant de tendre la main pour prendre l'appel. Il hausse les épaules et obtempère, se laissant tomber à nouveau sur le lit.

Je m'efforce de ne pas le regarder, la chemise à moitié ouverte, couché sur notre lit, pour comprendre ce que la voix suraiguë au téléphone tente de me dire.

— Si je suis libre aujourd'hui pour avancer mon rendez-vous de mardi prochain… Oui, oui, bien sûr. Il y a un problème ?

Ma voix est un peu tendue. J'ai été voir ma gynécologue il y a quelques semaines, car je ressentais des nausées à répétition ces derniers mois. Même si elle n'a pas été alarmante, elle a préféré me faire passer certains tests. James gagne excessivement bien sa vie, je n'ai donc pas longtemps hésité avant de les faire.

La jeune assistante m'assure que c'est courant et raccroche après avoir vérifié une nouvelle fois mes disponibilités de milieu d'après-midi.

— Un problème ? demande James, un coude appuyé sur le lit prêt à se relever.

Je lui souris faiblement, ne voulant pas l'inquiéter outre mesure, ne sachant pas de quoi il peut bien s'agir.

Il tend un bras vers moi et je m'approche assez pour qu'il m'attrape par les hanches. Ma chute sur le lit est accompagnée d'un de mes petits cris stridents qui lui déclenche un gloussement.

Il se jette sur moi pour me bombarder de chatouilles. Mon hurlement rejoint des larmes de rire... Nous roulons sur le côté, le sourire aux lèvres et j'en oublie les désagréments des dernières années. James et moi, nous nous aimons. Il doit travailler dur pour nous assurer un avenir, à nous et à notre famille.

Dans quelques mois, cela ne sera qu'un mauvais souvenir.

# Chapitre 3

— Je peux te rejoindre, m'interroge James tandis que l'eau coule à flots dans la douche.

La vapeur sur les parois vitrées qui m'entourent m'empêche de le voir, mais j'imagine aisément le sourire salace qui se promène sur ses lèvres.

— Tu veux être en retard ? renchéris-je

Je l'entends soupirer.

— Pourquoi les femmes ont-elles toujours raison ?

Je passe ma tête à travers l'entrebâillement des deux portes, offrant un espace parfait pour qu'un air glacé s'introduise dans ma bulle de chaleur. Je frissonne légèrement. James est dans l'encadrement de la porte qui donne sur la chambre. Son attitude racoleuse me fait rougir.

Ses doigts s'activent à insérer la lanière de cuir de sa montre dans la boucle prévue à cet effet. Son regard braqué sur moi, habillé de l'un de ses plus beaux costumes, je regrette d'avoir parlé d'un potentiel retard.

— On peut toujours faire vite, minaudé-je.

Il rit en secouant la tête négativement. Ses yeux pourtant répondent l'inverse. Je sens la passion dans ses pupilles dilatées. Un seul mouvement de ma part et je ne serais plus seule dans cette douche XXL. La situation est tentante, mais j'ai moi-même un rendez-vous et la peur qui l'accompagne bloque ma montée de libido.

Sagement, je referme la porte et retourne sous l'eau. La chaleur qui glisse sur ma peau arrive à détendre en partie les nœuds à l'estomac que m'a provoquée ce changement inattendu de rendez-vous. Après une dizaine de minutes, j'arrive à me convaincre que cela ne doit être qu'une annulation de rendez-vous parmi tant d'autres et que j'ai la chance de passer plus rapidement.

Une serviette blanche autour de mon corps humide, je traverse la chambre. Plus aucun signe de James. Une moue contrariée vient se loger sur mon visage en voyant un léger bout de papier échoué sur le lit refait par ses soins.

*À ce soir, je t'aime. On fêtera nos 5 ans, je te le promets.*

Je m'étonne encore de voir à quel point son écriture est ronde et appliquée pour un homme.

Je pousse un soupir et pose le papier sur mon bureau. L'écran de veille de l'ordinateur m'apprend que la matinée est déjà bien avancée. James mangera sûrement pendant son rendez-vous. Je m'habille sans hésiter d'une combinaison fluide pour me sentir à l'aise et me déshabiller facilement arrivée chez la gynécologue. Le tissu bleu foncé glisse à chacun de mes mouvements.

Le réfrigérateur est quasiment vide et je décide de sortir manger dehors avant mon rendez-vous dans un peu moins de deux heures.

Par réflexe, je prends mon téléphone et compose le numéro de Tara, ma seule vraie amie ici, à Los Angeles.

*Vous êtes bien sur le répondeur de Ta... Peu importe. Si vous me connaissez, envoyez un texto.*

Sa messagerie m'arrache un sourire pour la énième fois. Ce ton suspicieux est un des traits de caractère qui nous a amenées à devenir amies. À notre arrivée, poussée par James, j'ai entrepris plusieurs activités. Le yoga, pour faire plaisir à sa petite sœur adorée, ce fut un terrible échec quand ma patience s'est révélée inexistante. La course en groupe, la marche, le basket, le surf... Les activités d'occupation s'étaient toutes retrouvées largement ennuyantes. Mon dernier espoir a été la poterie. Une idée de ma mère que j'ai tentée sans grande conviction. J'aurais d'ailleurs arrêté immédiatement si je n'étais pas tombée sur Tara. Un petit rayon de soleil qui illumine mes moments de déprime, assez présents dans ma vie depuis quelques mois.

Le vibreur de mon téléphone portable m'oblige à fouiller dans mon sac à main, là où je viens à peine de lancer le petit appareil tactile.

— Oui, dis-je, décrochant à peine.

— Ah enfin ! s'exclame la voix de Tara.

Je lève les yeux au ciel face à l'impatience chronique de mon amie.

— Tu m'as appelée ?

J'ignore sa question rhétorique.

— Tu veux manger un bout avec moi ?

— James t'a encore laissé tomber pour votre anniversaire...

Son ton désolé me serre le cœur. Mon amie a l'air de plus se soucier de cette date que l'intéressé.

— Non, on a décidé de le fêter ce soir.

Le demi-mensonge que je sors n'a pas l'air de prendre du côté de mon amie, mais elle ne dit rien.

— Spaghettis ? lance-t-elle, après un temps de réflexion.

Sa question ne cherche pas de réponse, nous mangeons toujours au même endroit, lieu où la saveur des pâtes dépasse l'entendement.

— Dans un quart d'heure ?

— J'y suis dans cinq minutes, je m'apprêtais à sortir, m'informe-t-elle.

Je grimace.

— Je ne te coupe pas dans tes plans au moins ?

Je me maudis de lui faire un coup pareil cinq minutes avant, je ressemble à une fille désespérée.

— Mais non, ma belle, je suis toujours là si besoin, tu le sais.

Je marmonne quelque chose avant de comprendre qu'elle a déjà raccroché pour ne pas que je décommande par culpabilité.

J'attrape les clés de l'appartement et sors, ne prenant pas la peine de noter à James que je suis partie plus tôt. Il ne reviendra pas avant moi de toute manière.

Je fixe un instant le cabriolet garé devant mon entrée, puis je décide de faire le chemin à pied. Le restaurant n'est qu'à 800 mètres de chez nous et la pluie s'est arrêtée, laissant place à un ciel plutôt dégagé.

Après plusieurs minutes de marche, j'aperçois la terrasse du restaurant, vide ou presque. Tara est assise en tailleur sur l'une des chaises, en pleine contemplation de l'océan.

Le fait que la table soit mouillée ne semble pas la perturber plus que ça.

Je continue d'avancer observant cette jeune femme insouciante au carré blond platine virevolter sous une brise assez fraîche pour faire frissonner ses bras découverts.

Après un instant, elle me repère et saute sur ses pieds pour m'accueillir. Sa tenue est originale, comme d'habitude.

Une sorte de salopette raccommodée de plusieurs tissus colorés. Un vrai patchwork vivant et si représentatif de sa personnalité haute en couleurs.

— Comment vas-tu, ma belle ? Tu es resplendissante !

La voix enjouée de Tara me redonne un peu de baume au cœur. Elle est vraiment ce remontant dont j'avais besoin.

— Bien…

Elle fronce les sourcils.

— Tu devrais apprendre à mentir un peu mieux, s'esclaffe-t-elle en se rasseyant sur la chaise, toujours en tailleur.

Je m'assois en face d'elle sans faire attention à l'humidité qui traverse ma fine combinaison.

— C'est James, lance Tara en m'observant par-dessus ses longs cils couverts de mascara.

Je secoue la tête.

— Pas vraiment. Il m'a contrariée, mais rien d'insurmontable…

— Alors quoi ? s'étonne mon amie.

Je me balance de droite à gauche sur ma chaise avant de me lancer, soudain honteuse de stresser pour une chose aussi insignifiante qu'un rendez-vous changé.

— Ma gynécologue… Elle a avancé le rendez-vous à cet après-midi.

— Tu ne devais pas la voir la semaine prochaine ?

La question de mon amie ne trahit aucune inquiétude.

— Si, justement. Ça m'inquiète.

Tara ne semble pas comprendre et réplique aussitôt.

— Ça doit être une histoire de désistement. Profite, plus vite ça passe ce genre de chose et mieux on se porte.

J'acquiesce en silence, toujours un peu perplexe sur un potentiel désistement et une chance de mon côté. Son air désinvolte, sans me surprendre, ne me rassure pas.

— Je ne t'ai pas raconté l'autre soir, ce Matthew…

Elle se met à glousser en me racontant ses dernières conquêtes. Je l'écoute d'une oreille distraite, plaçant ci et là des onomatopées lui permettant de croire que je m'intéresse avidement à ses exploits de célibataire.

Notre repas se passe sans encombre, retraçant pas à pas les dernières aventures de mon amie. Sa présence m'aide à relativiser, mais je suis tout de même soulagée de voir l'heure de mon rendez-vous arriver.

— Tu me tiens au courant, me lance Tara en s'éloignant pour rejoindre le taxi qui l'attend.

Je ne demande pas où elle compte aller. Même si nous sommes amies, je ne partage pas son point de vue sur la manière dont une vie doit être vécue avant trente ans.

Cette éternelle célibataire est loin de rêver de mariage et d'enfants, comme je le fais depuis toujours.

Le cabinet où j'ai rendez-vous n'est pas très loin, je décide donc de poursuivre à pied. Le ciel devient à nouveau menaçant lorsque je m'engouffre dans le hall aseptisé de l'immeuble de ma médecin.

*Docteur Eva Meniosa, gynécologue*

J'appelle l'ascenseur et attends un moment. Deux hommes entrent bruyamment dans le hall, ni l'un ni l'autre ne semble remarquer ma présence.

— Eva n'appréciera pas de savoir que la soirée est annulée ! s'exclame le premier.

— Elle est toujours aussi…

— Bien, mieux encore qu'à l'école de médecine, mon pote !

Le premier vocifère comme un homme ayant trop bu. Par réflexe, je me retourne pour leur faire face.

— Tu es qui, toi ?

Ils reculent d'un pas, l'air interloqué.

— Tu étais où ?

Je lève les yeux au ciel.

— Là. Depuis le début, répondis-je.

*Tin (bruit d'ascenseur)*

Le bruit d'ouverture des portes de l'ascenseur me détourne d'eux et je m'insère sans plus attendre dans la cage. Les deux hommes semblent hésiter.

— Prenez les escaliers, cela vous fera le plus grand bien, annonçai-je froidement en appuyant sur la fermeture des portes.

Hébétés, ils m'observent disparaître derrière les deux battants gris de l'ascenseur.

La mention de leur école de médecine couplée d'un état d'ébriété avancé ne fait qu'augmenter le ressentiment que j'éprouve à leur égard.

C'est furieuse que je sors de la cage d'ascenseur pour me retrouver face à une jeune secrétaire, l'air un peu perdue.

— Bonjour, Julia Relwood, vous m'avez appelée pour avancer mon rendez-vous.

L'idée que l'appel de ce matin soit un canular est aussi dans les scénarios que j'ai envisagés tout au long du repas.

— Bien entendu, je préviens le docteur que vous êtes là. Allez vous installer en salle d'attente.

J'acquiesce sans un mot, suivant la direction qu'elle m'indique d'un mouvement de tête.

Je ne suis venue que très peu de fois dans son cabinet. Nos rendez-vous se passaient à l'hôpital, c'était plus pratique pour elle comme pour moi.

Les hôpitaux me rassurent tandis que des immeubles froids tels que celui-ci me provoquent des sueurs froides.

À peine mes fesses posées sur l'une des nombreuses chaises à disposition dans la salle d'attente, j'entends les deux rires des idiots enivrés du hall.

— On aimerait voir Eva si posssssssible…

Sa manière d'appuyer sur le S me donne un haut-le-cœur. Au vu du visage de la secrétaire, elle n'en pense pas moins.

— Je suis désolée, mais elle ne pourra pas vous recevoir avant un moment.

Le plus grand, celui qui vociférait comme un veau, semble ne pas apprécier la réponse.

— Comment ça *attendre un moment* ! Elle est où ?

Au même moment, la porte du bureau du docteur Meniosa oblige les deux hommes à se retourner et se taire. D'où je suis assise, je ne vois qu'une partie de la scène, bien assez pour comprendre qu'ils se font remettre les pendules à l'heure.

— Venez me chercher à 19h et pas avec 3 grammes dans chaque bras.

La voix de la femme s'élève sans qu'aucun des deux hommes ne réponde.

— Madame Relwood ?

Elle m'appelle d'une voix forte pour couvrir les murmures des deux hommes, encore un peu soufflés par la violence des réponses d'Eva Meniosa.

Telle une automate, je me lève et me dirige vers la docteur. Elle me salue d'un hochement de tête, je l'imite. Son regard froid se pose une dernière fois sur les deux hommes avant qu'elle ne referme la porte de son bureau.

— Excusez-moi, ce sont des amis de médecine… On ne sait jamais vraiment ce que c'est avant de le vivre.

Je me mords l'intérieur de la joue pour me retenir d'être désagréable.

Elle s'assoit derrière son bureau sans un regard pour moi. Puis, elle relève la tête et m'indique d'un mouvement de main la chaise devant elle. Je m'y installe sans broncher.

— Madame Relwood… Comment allez-vous ?

Ses yeux ne passent qu'un instant sur mon visage un peu blanc. La nervosité gagne petit à petit chacun de mes membres.

— Bien, je crois… répondis-je, sans grande conviction.

Elle relève les yeux de ce que je pense être mon dossier médical. Ses coudes se posent doucement sur le bureau. J'observe ses mains se nouer l'une à l'autre pour soutenir son menton.

Cette position de penseur, je la connais. Durant mon externat, j'ai vu des médecins la prendre.

Je déglutis.

— C'est mauvais ?

Elle se racle la gorge avant de me répondre.

— Il y a deux poids, deux mesures concernant le terme « mauvais ». Si votre question porte sur votre santé, alors non. Vous êtes en parfaite santé, tout du moins concernant les examens que nous avons effectués…

— Mais… la pressé-je.

Elle m'offre un sourire contrit. Mes nerfs sont sur le point d'exploser quand elle reprend.

— Les examens ont révélés quelque chose. Cela peut être anodin, mais à mon sens nous devrions explorer un peu plus cette piste.

— Cette piste, répétai-je sans comprendre.

— Il se pourrait que vous soyez stérile.

Le couperet tombe sur ma nuque sans m'y attendre. Je toussote un instant. Je peine à récupérer un semblant de contenance. Des larmes me montent aux yeux.

— Sté... stérile, balbutiai-je.

Elle m'observe sans un mot, attendant que l'hébétude de l'annonce passe.

J'inspire plusieurs fois en essayant de retenir la vague de sanglots qui m'envahit.

— Rien n'est encore officiel. Nous allons devoir faire d'autres tests, mais il est important que vous compreniez les enjeux d'une telle annonce...

Je reste muette. Que je comprenne les enjeux... Comment peut-elle dire ça ? Ma vie entière se résume aux vœux d'avoir des enfants. Je n'ai rien d'autre.

— Quand ?

Ma gynécologue encaisse mon ton froid.

— Maintenant, moins d'une semaine assurément. Voulez-vous que je vous explique comm...

— Non, la coupé-je.

J'ai encore en tête mes cours de médecine. Même si la gynécologie ne m'a jamais attirée, j'en sais suffisamment.

— J'ai fait médecine, lui appris-je en soutenant son regard froncé.

Elle hausse les sourcils, avant de baisser les yeux sur mon dossier.

Je sais qu'elle pense que je suis ici parce que j'ai raté mes examens de fin d'année et que trouver un mari riche était plus simple que de travailler plus pour obtenir le diplôme.

Mon téléphone sonne et je me détourne de la doctoresse pour décrocher.

— James, je suis encore en rendez-vous.

Ma voix est faible, mais aucun sanglot ne s'y introduit. Il débite des mots avec nervosité. J'apprends que notre soirée en amoureux risque de ne pas être si intime que cela.

— Ils partiront à 19h, c'est promis. Je dois simplement aborder un point avec eux et…

— C'est parfait, soufflai-je. Je dois parler à ma mère de toute manière, tu n'auras qu'à t'installer en bas.

Il laisse un silence, puis reprend.

— Tu es sûre ?

Je ricane. Il pose la question pour la forme, mais je joue le jeu.

— Bien sûr, chéri. Le travail, c'est important.

De biais, j'aperçois la gynécologue lever les yeux au ciel. C'est définitif, je suis une femme vénale qui n'en veut qu'à l'argent de son mari, sauf que ce n'est même pas mon mari.

L'idée qu'il ne veuille plus de moi après l'annonce de ma stérilité me frappe. Je n'y avais même pas pensé. Pourrait-il ne plus vouloir de moi ?

Pétrifiée, je l'entends déblatérer une nouvelle fois des excuses avant de raccrocher. Je me retourne vers la spécialiste, dont un sourire flotte sur les lèvres.

— Alors, allons-y, lançai-je un peu trop gaiement pour être naturel.

En sortant du cabinet de la gynécologue, je me sens sale et nulle, autant par le regard désapprobateur d'Eva Meniosa tout le long de la consultation que par l'éventualité d'être stérile.

Je déambule dans la rue sans vraiment trop faire attention. L'itinéraire m'est trop familier pour que je puisse m'attarder sur un détail nouveau.

J'insère mes clés dans ma porte d'entrée et soupire de soulagement en constatant que James n'est pas encore rentré.

Envoyant valser ma paire de sandales dans l'étagère de l'entrée, je me dirige directement vers l'étage. À peine arrivée sur le seuil de mon bureau, j'entreprends de tirer le rideau métallique pour m'isoler du reste de la maison. Cette technique, un peu barbare, c'est une idée de James pour ne pas m'obliger à écouter leur réunion jusqu'au beau milieu de la nuit. Même si esthétiquement ce rideau métallique détonne dans la décoration de notre étage, il s'avère être très efficace.

Après avoir fermé les loquets qui le maintiennent, je m'affale sur le lit.

Les yeux rivés au plafond, je m'attends à ce que les larmes coulent. Mais rien. Rien n'apparaît.

Je reste stoïque et seule.

Je me relève pour attraper mon ordinateur et faire ce qu'il ne faut pas faire… rechercher sur internet.

Mes yeux se posent sur différents forums de femmes stériles. Elles déblatèrent sur leur chemin parcouru, divorce, dépression, suicide…

À l'évocation de ce dernier, je ferme le navigateur. Je ne suis pas désespérée tout de même.

Dans un moment de courage, j'attrape le téléphone fixe et compose le numéro de ma mère. Après plusieurs sonneries, j'entends sa voix m'annonçant que je peux laisser un message.

J'hésite avant de raccrocher. Comment lui annoncer une telle nouvelle par messagerie… La porte d'entrée s'ouvre. Je n'entends pas la conversation qui doit battre son plein en bas, mais je sais que la réunion vient de commencer dans mon salon.

Je soupire, soulagée de ne pas devoir affronter James tout de suite.

Je m'allonge sur le lit, le téléphone dans la main.

Des enfants passent devant mes yeux. Au début, ils ressemblent à James et moi, puis une autre femme les appelle et ils changent de visage. Le petit garçon est toujours la copie de mon fiancé, mais la petite fille est maintenant une brune aux cheveux lisses, les yeux en amandes, comme l'inconnue qui leur sourit et… Elle embrasse doucement James sous le regard des enfants écœurés de voir leurs parents se faire des baisers. Des larmes coulent sur mes joues quand le bruit de la sonnerie du téléphone me réveille.

Je sursaute, un peu désorientée.

Le voyant du fixe clignote vert, m'indiquant que la communication est déjà prise en bas. J'appuie sur le bouton vert et entends la voix de James, chaleureuse.

— Je suis désolé, Carole, elle doit dormir en haut et…

— Salut, maman, marmonnai-je. Tu peux retourner travailler, c'est bon…

James ne dit rien et raccroche de son côté, me laissant seule avec ma mère.

— Ma chérie, tu dormais à cette heure-là ? Tu es malade ? Pourquoi m'appeler si tôt, tu sais bien que je suis avec Richard avant 18 heures.

Son ton est presque un reproche. Je retiens difficilement mes larmes.

Richard… L'homme qu'elle a épousé juste avant mon départ pour Los Angeles, deux mois plus tard, s'est retrouvé victime d'un accident de la route, l'immobilisant pour le reste de sa vie.

Ma mère a fait des pieds et des mains pour lui trouver le meilleur centre de soins.

Chaque jour, elle passe des heures à son chevet, tentant de l'occuper du mieux qu'elle peut. L'état de Richard est la raison première de l'absence totale de ses visites. Elle ne peut pas, me répète-t-elle souvent, son mari a besoin d'elle.

Ce rappel que je passe après cet homme quasiment inconnu pour moi finit par faire sortir un long sanglot de mes lèvres. Mon nez se met à renifler et ma mère comprend que quelque chose ne va pas.

— Ma chérie, pardon, je ne voulais pas te faire pleurer. Que se passe-t-il ?

— Ce n'est rien, maman… J'ai eu un rendez-vous avec la gynécologue aujourd'hui et…

— Tu pleures à cause des hormones ? Tu es enceinte ? Me coupe-t-elle avec entrain.

Mes pleurs redoublent en entendant sa suggestion.

— Non, jamais !

Ma voix est brisée… Le ton plaintif qui sort laisse ma mère muette.

Le silence pesant qui s'installe ne s'interrompt que par mes nombreux reniflements.

— Tu veux dire…

La voix de ma mère est hésitante.

— Je suis stérile, maman.

Le dire à voix haute me coupe le souffle. Même si le médecin attend des résultats officiels pour en être sûr, je connais la procédure. Jamais elle ne m'aurait annoncé ça s'il n'y avait pas 99 % de chance que je le sois.

— Oh mon dieu…

Les sanglots de ma mère me surprennent.

Interdite, mes reniflements s'estompent.

— Maman ?

Ses sanglots m'assurent qu'elle est toujours au téléphone, mais elle ne semble plus être en état de répondre.

— Je suis tellement désolée, parvient-elle à articuler au bout d'un moment.

Je ne sais pas quoi lui répondre, soufflée par sa réaction.

— Tu l'as dit à James…

Son murmure me donne la chair de poule. Je sens la peur s'insinuer en elle.

— Non, je pense attendre les résultats officiels.

— Bien. C'est bien…

Sa voix légèrement rassurée me panique. Le dire à James serait si terrible que ça ? Mon rêve me revient à l'esprit et je déglutis.

— Peut-être que ce n'était qu'une fausse alerte… marmonne-t-elle à l'autre bout du fil.

Je lève les yeux au ciel et me félicite de ne pas l'avoir appelée en vidéo conférence comme nous avons l'habitude de le faire.

— Que vas-tu faire si tu ne peux pas…

Elle hésite à parler d'enfants, je l'en remercie silencieusement.

— Je ne sais pas… J'avais hâte de prendre une maison pour…

Mon rêve meurt dans ma gorge, encore trop douloureux d'avouer ne plus en avoir.

— J'ai peur, maman, soufflai-je, par crainte qu'on puisse m'entendre d'en bas.

— Je sais… Tu dois y penser et te préparer à l'après.

Le côté pragmatique de ma mère me fait sourire.

— Ton père m'a quittée, parce que je n'étais plus aussi belle et fringante qu'à l'époque de notre rencontre. Tu dois rester maître du jeu, ma chérie. Si tu ne peux pas avoir d'enfants, prouve à James que tu es tout de même la femme de sa vie ! Je ne sais pas... Reprends des études !

Je grimace.

— Je ne suis pas sûre que cela fasse vraiment plaisir à James.

— Au début, peut-être, mais être marié à une grande chirurgienne est tout de même mieux que...

— Moi.

Je termine sa phrase amère. Pourtant son raisonnement tient la route.

— Terminer mes études serait beaucoup trop...

— Oh non, ma chérie rien de trop, juste de la volonté ! Tu ne vas pas baisser les bras face à un petit... obstacle.

Sa manière de minimiser la situation qui il y a quelques minutes à peine l'avait anéanti, me fait du bien.

Effectivement, je ne dois pas me laisser abattre.

Notre conversation dérive sur Tara, Richard et d'autres sujets de notre quotidien.

Après plus d'une heure de communication, je la remercie et raccroche.

Mes membres sont endoloris et je m'attelle à me déshabiller dans l'optique d'une bonne douche bien chaude, quand un léger coup dans le rideau métallique me fige.

— Ju'...

La voix de James est sourde.

— Tu dors ?

Il tapote une nouvelle fois contre la paroi sans s'énerver.

— Je voulais juste m'excuser...

Je n'entends pas la fin de sa phrase. Hésitante, je m'accroupis pour débloquer les fermetures.

Il comprend et soulève le rideau.

Son regard concentré à coincer le rideau dans le fermoir d'en haut, il ne me voit pas m'agiter mal à l'aise.

— Tu sais, je…

Il s'arrête de parler au moment où ses yeux se posent sur moi. Ma demi-nudité provoque une étincelle de désir chez lui.

Le soulagement de me voir toujours aussi désirable pour lui me conforte dans l'idée qu'il y a encore de l'espoir.

— Tu faisais quoi… demande-t-il timidement en regardant ma combinaison sur le sol.

Je ris, rougissant de plus belle.

Malgré nos cinq ans de vie commune, j'ai toujours du mal à jouer la séduction avec lui.

— Je t'attendais…

Ma voix moins sensuelle que je ne l'aurai voulu, convainc tout de même mon fiancé.

Il s'avance vers moi, détachant facilement sa cravate d'un geste.

Son attitude est claire et je me rapproche de lui. Mes doigts glissent sur le tissu fin de sa chemise.

Il sourit et profite de notre promiscuité pour poser une main sur mes fesses largement découvertes avec ma lingerie fine.

— Joyeux anniversaire, ma chérie, me susurre-t-il.

Je glousse et entreprends de détacher sa chemise. Mes doigts tremblent un peu, mais je ne renonce pas en voyant apparaître petit à petit ses muscles fins et dessinés. Il m'observe patiemment, profite de mon corps à découvert pour glisser ses doigts le long de ma peau, me provoquant des frissons de plaisir à chacun de ses passages.

Une fois torse nu, je m'attaque à sa ceinture, puis à la fermeture de son pantalon. Mes gestes sont plus assurés et rapidement nous nous retrouvons dénudés l'un en face de l'autre.

Son regard bouillonne de désir, il plaque sa bouche contre la mienne en envoyant plus loin les tas de vêtements qui entravent nos mouvements.

Je me laisse faire, heureuse de me sentir à nouveau femme après cette journée catastrophique.

Ses mains s'attardent le long de mon corps, s'accrochant par moment, me prouvant que l'effet que je lui fais est bien réel.

— Sous la douche, mon cœur, me propose-t-il.

Je hoche la tête sans pouvoir dire un mot. Il m'attire à lui, me soulève dans ses bras et m'emmène dans la salle de bain. Le premier jet froid nous électrise encore plus, avant de nous envelopper d'une douce chaleur qui accompagne le reste de nos ébats.

# Chapitre 4

Après la soirée de notre anniversaire, les choses se sont vite enchaînées. James a dû partir pour six jours à New York.

Il m'a proposé de l'accompagner pour voir ma mère et j'ai accepté sans l'ombre d'une hésitation, prévenant simplement ma gynécologue de mon absence pour six jours.

— Tu voudrais revenir vivre ici ? m'interroge James.

Trois jours que nous sommes ici et je n'ai jamais été aussi détendue.

— Sérieusement ?

La joie qui suinte dans ma voix le rembrunit.

— Tu n'aimes pas notre vie à L.A., déplore-t-il.

— Mais si, mon chéri... C'est que j'ai tellement d'habitudes dans l'est. Mais ce n'est rien, ne t'inquiète pas, je trouverai mes marques là-bas aussi.

Honnêtement, j'en doutais. En trois ans, je n'avais qu'une seule amie, Tara.

À Newark, New York ou Boston, je comptais des dizaines de relations, auxquelles je tenais particulièrement.

— Je m'en veux de t'avoir arraché à ta vie d'ici, m'annonce-t-il.

Son air triste me provoque une nouvelle pointe de culpabilité assez récurrente depuis ces derniers jours. Ne pas lui avouer ma potentielle stérilité me donne l'impression de le tromper.

— Je ne t'en voudrai jamais, si tu me promets une chose.

Il hoche la tête et je me mords l'intérieur de la lèvre consciente que ma manœuvre est immonde.

— Promets moi de ne jamais m'abandonner.

Une lueur passe dans ses yeux, avant de me répondre solennellement.

— Julie Relwood, je vous promets de vous aimer, vous chérir et de mourir à vos côtés, me souffle-t-il, tandis que le taxi dans lequel nous sommes, s'arrête aux portes de l'un des plus imposants buildings du quartier.

Je lui souris avant de poser un chaste baiser sur ses lèvres. Il se recule et arque un sourcil.

— Une fois mariés, j'espère bien avoir un autre genre de tendre baiser.

Je pouffe de rire avant de sortir dans l'air mordant des soirées New Yorkaise.

James me suit, portant sa main derrière mon dos.

Son sourire bienveillant m'aide à franchir les portes de l'immeuble. La réception bat son plein. Les femmes sont toutes habillées de robes mettant en valeur leurs attributs. Dans un coin de ma tête, je me félicite d'avoir entretenue ma forme physique depuis ces trois dernières années.

— James, roucoule une femme resplendissante dans une tenue blanc satin.

Ses longs cheveux blonds ondulés sur la mi-hauteur mettent en valeur un visage longiligne dont certains éléments semblent avoir été parfaitement réalisés par un chirurgien esthétique.

— Jackie, répond-t-il doucement. Quel plaisir de te voir ici.

Elle fait une petite moue gênée avant de reporter son attention vers moi. Honnêtement, je n'ai pas à rougir de mon physique, mais ma confiance en moi s'égrène à vue d'œil en présence de telles femmes.

— Qui est-ce ?

Elle ne s'adresse pas à moi, ce qui m'exaspère.

James prend les devants et me présente.

— Ma fiancé, Julia.

— Hum… Vous êtes ensemble depuis longtemps ?

Sa question des plus indiscrètes me laisse bouche bée. James place sa main sur ma hanche pour se coller à moi.

— Cinq ans…

Il répond ça en me dévisageant amoureusement.

Je me détends.

— Et vous n'êtes toujours pas mariés ? Cela dit, James est tellement souvent au travail. Cela ne doit pas être évident !

J'ouvre la bouche quand James plaque la sienne contre mes lèvres.

Jackie pousse un hoquet de désapprobation et s'éloigne. Quand il se recule, il m'offre un clin d'œil complice.

— Jackie n'est pas méchante. Elle est juste un peu… virulente. Une des meilleures pour les affaires familiales, m'apprend-t-il.

— J'en suis persuadée, soufflai-je en l'imaginant détruire un pauvre petit mari soupçonné de ne pas porter assez d'attention à sa femme.

Il m'entraîne dans le flot d'invités, me présentant à de nombreux juges et avocats. Des visages me paraissent familiers, mais nombre d'entre eux datent de mon époque à l'école de médecine… Étant trop occupée par mes études, j'en oubliais de faire attention aux relations de James. La vie passait tellement vite à cette période.

— Tu penses à quoi ? m'interroge-t-il, alors que nous poussons les portes de notre chambre d'hôtel.

— Que le temps passait extrêmement vite ici.

Il attend que je continue mon raisonnement.

— Je veux dire que tu étais occupé de la même manière ici, peut-être un peu moins, mais tout de même. Ce qui a changé, c'est moi. Je ne travaille plus… Je…

— Tu veux travailler ?

Sa question me désarçonne. Même si mon discours voulait en venir là, je n'ai pas encore réfléchi sincèrement à la question.

— Je ne sais pas… Peut-être.

— Nous avons assez d'argent pour… commence-t-il en passant plusieurs fois sa main dans ses cheveux.

— Ce n'est pas une histoire d'argent, James.

Le soupir qui accompagne ma phrase semble le désespérer.

— Alors tu n'es plus heureuse ?

Sa voix est étranglée.

— Quand je suis avec toi si, le rassuré-je. Mais ces moments sont rares. Si j'avais autre chose, une activité… je ne pourrais plus voir ton absence et nous n'aurions que des moments à deux, sans mes reproches.

Il semble pensif.

— Pourrions-nous parler de ça un autre jour.

J'acquiesce, consciente que la discussion n'est pas encore gagnée.

Le reste de notre séjour à l'Est se passe bien et j'ai le temps de faire une visite à ma mère plus que ravie. Pour mon plus grand plaisir, elle n'aborde pas une seule fois la fameuse question de ma stérilité, que j'arrive quasiment à oublier.

Le retour à Los Angeles me ramène brutalement à la réalité.

— Chérie, je dois passer un coup de fil à Georges pour lui dire qu'on est rentrés un peu plus tôt et…

— Vas-y, lancé-je d'un signe de main.

Il me sourit et pose un rapide baiser sur mon front avant de sortir dehors, me laissant seule sur le palier de notre loft.

Je me précipite sur le téléphone fixe pour écouter les messages. Les premiers viennent de ma mère avant notre départ. Je n'avais pas eu le temps de la prévenir avec les événements qui s'étaient enchaînés très vite. Le deuxième concerne Tara qui s'inquiète n'ayant pas de nouvelles de moi depuis notre repas. Je grimace d'avoir oublié de la tenir au courant. Le troisième et dernier message laisse échapper la voix de ma gynécologue.

*Bonjour Madame Relwood. D'ordinaire, je n'annonce pas ça sur une messagerie, mais nous avions déjà parlé de cette éventualité. Et au vu de votre expérience dans la médecine, je préfère vous le dire rapidement. Les peurs que nous nourrissions étaient fondées...*

La porte d'entrée claque derrière James quand le message se termine sur les mots froids d'Eva Meniosa :

*Vous êtes stérile.*

Pétrifiée, j'observe James s'avancer vers moi. Son visage est impassible tandis qu'il se rapproche. La tête me tourne et je sens ses bras m'entourer alors que je m'évanouis.

À mon réveil, je suis allongée sur notre lit. J'entends la voix de James à quelques mètres de moi.

— Je suis désolé, Georges, mais elle a besoin de moi. Je rattraperai mon retard plus tard. Merci...

Après que mes yeux se soient habitués à la faible luminosité qui règne dans la pièce, je le vois s'avancer vers moi. Il m'offre un sourire mal à l'aise.

— Tu vas bien ? me demande-t-il doucement.

Je me relève et il s'assoit à côté de moi. Les traits de son visage sont tirés.

Sa main se pose sur ma joue et je ferme les yeux sous le contact chaud de sa peau contre la mienne. Mes jambes allongées sur le lit se replient pour m'aider à m'asseoir un peu mieux.

— Je t'aime, me murmure-t-il.

Je le regarde sans comprendre. Comment peut-il dire ça juste après avoir appris pour ma stérilité ?

— Vraiment ?

Ma voix est faible et enrouée.

— Julia, je m'en fous d'avoir des enfants. Je veux simplement vieillir à tes côtés. Et puis, nous serons déjà envahis par les bambins de ma sœur...

Il tente de me faire sourire, mais l'idée de ne jamais avoir d'enfant me donne le tournis.

— Je suis tellement désolée...

Je m'effondre dans ses bras. Il m'attire à lui, prenant mes jambes pour les installer sur les siennes. Recroquevillée contre lui, je sens son souffle chaud et rassurant dans mon cou.

— Ça va aller...

Il se balance d'avant en arrière comme on bercerait un enfant. Cet homme aurait été un père formidable. Mon ventre se tord en comprenant que cela n'arrivera jamais par ma faute. Mais sa voix rassurante et le mouvement de son corps contre le mien gagnent, je tombe dans un profond sommeil.

# Chapitre 5

Plus d'une semaine que James s'occupe de moi, travaillant la plupart du temps au loft. Il s'éloigne de moi seulement quand Tara prend mon chevet. Après m'être réveillée le lendemain de la révélation officielle de ma stérilité, une immense fatigue m'a envahie m'obligeant à rester le plus souvent au lit. Le médecin appelle ça un contrecoup. Je dois digérer l'annonce.

Je ne suis pas sûre d'être encore complètement remise, mais ce matin je vais mieux. La conversation que j'ai eue hier avec ma mère par écran interposé m'a fait du bien.

Je me lève de mon lit en entendant la voix de James dans la cuisine.

— Je lui en parlerai, mais j'ai peur que cela soit trop tôt pour elle…

Il me tourne le dos, l'oreille collée à son téléphone portable.

— Elle est fragile et j'ai peur de lui annoncer ça sans…

Je racle ma gorge pour lui faire comprendre ma présence. Il blêmit et raccroche sans un mot de plus.

— Ma chérie, que fais-tu ?

— C'était qui ?

J'ignore sa question en l'interrogeant. Il se gratte la tête, signe d'extrême nervosité chez lui.

— Une collègue qui…

Je grimace. Il va me quitter, c'est logique. J'attends ça depuis plusieurs jours.

— Oui ?

Je tente d'être impassible, même si les larmes menacent de sortir d'une minute à l'autre.

— Elle voulait organiser une petite soirée ici pour… Mais cela n'a pas d'importance, tu… commence-t-il sans vouloir vraiment finir.

— Une soirée ?

Un peu perplexe, je croise les bras sur ma poitrine.

— Oui… je vais devenir associé senior et… marmonne-t-il, mal à l'aise de l'annoncer de cette manière.

J'ouvre et referme la bouche, sous son regard inquiet.

— C'est formidable !

Le soulagement me fait presque tourner la tête. Une promotion ! Il ne veut pas me quitter.

— Tu ne vas pas me quitter ?

Ma question est sortie toute seule. Son visage se décompose et je me rends compte que des larmes coulent en abondance sur mes joues.

Il s'avance vers moi, posant son téléphone sur le comptoir de la cuisine. Ma vision embuée par mes pleurs m'empêche de voir ce qu'il fait exactement.

— Chérie, regarde-moi.

Sa voix est suppliante. J'essuie mes yeux d'un revers de la main et cligne des cils plusieurs fois pour être sûre de ce que je vois. James est un genou à terre, devant moi, le regard brillant. Sa main droite est fermée, légèrement en avant.

— Qu'est-ce que…

Il ne me laisse pas finir et ouvre la petite boîte qui se cache dans sa main.

— On n'a jamais pris le temps de nous fiancer correctement, me dit-il, un sourire sur les lèvres.

L'émotion monte une nouvelle fois, déversant cette fois-ci des larmes de joie. Mes pieds s'avancent maladroitement vers lui et je m'écroule sur lui.

Son pied bascule sous mon poids et nous nous retrouvons l'un sur l'autre, couchés au sol.

— Une réponse renversante, s'exclame-t-il en attrapant mon visage avec sa main libre.

Ses prunelles me détaillent et mon souffle s'arrête.

— Je t'aime, Julia, et qu'importe ce qu'il adviendra, je resterai toujours avec toi.

Son souffle chaud me fait frissonner, j'avance mon visage près de lui en entrouvrant les lèvres. Il roule sur le côté pour être complètement sur moi. Il colle ses lèvres sur les miennes et m'offre un baiser passionné qui réveille mon corps. Mes membres sortent de leur torpeur. Une de mes jambes passe derrière lui pour m'assurer que mon corps touche le sien. Il rit entre deux baisers face à mon attitude entreprenante.

— Tu veux mettre la bague ? me souffle-t-il, avant de m'embrasser le long du cou.

Mes yeux papillonnent autour de nous avant de voir qu'il tient encore le petit écrin dans sa main.

Mes doigts glissent le long de son bras. Il se relève légèrement et rouvre du bout du pouce la petite boîte.

Je tends la main et il me glisse la bague avec facilité. Mes yeux pétillent autant que les siens, j'en suis sûre.

— Tu es à moi, me susurre-t-il.

En temps normal mon côté indépendante lui aurait donné une petite tape sur l'épaule, mais cette fois-ci, savoir qu'il ne me quittera jamais me rassure.

Même stérile, il m'aime.

Ses baisers s'intensifient, le seul vêtement que je porte vole à travers la pièce, t-shirt XXL de mon époque de débauchée de la faculté. Il ôte rapidement ses vêtements aussi. Le contact froid du sol en marbre de la cuisine contraste avec la chaleur torride de notre échange.

# Chapitre 6

Je ronchonne en enfilant la tenue que j'ai choisie pour ce soir.

— Bébé, tu es magnifique…

James roucoule, après notre dernière après-midi tous les deux. Son petit congé imprévu se termine aujourd'hui. Demain, il reprend le cours de sa vie.

— Tu parles, je vais ressembler à une tarte face à elles.

— Ma préférée alors…

Je lève les yeux au ciel, évitant de justesse ses lèvres qui souhaitaient s'écraser sur mon visage tout juste maquillé.

— Mais euhh… se plaint-il, tel un enfant.

Je secoue le flacon de fond de teint en l'air pour lui faire comprendre et il soupire.

— Vous, les femmes…

Je ne relève pas sa remarque et me regarde une dernière fois dans le miroir.

— Ne parle pas de ton projet ce soir, s'il te plaît.

Il me demande ça d'une voix méfiante.

— Pourquoi donc ? Elles me poseront sûrement un milliard de questions et…

James secoue la tête et je me tais. Il doit bien avoir une bonne raison. J'acquiesce sans chercher à comprendre. James fait tellement d'efforts depuis un moment, je peux bien tenir ma langue une soirée.

La sonnerie d'entrée me fait lever les yeux au ciel ce qui me vaut une petite tape sur les fesses de la part de mon fiancé.

— SOS femme battue, lancé-je.

— Que devrais-je dire ? Te souviens-tu de ce matin sous la douche ?

Je pique un fard en me souvenant de la bonde de douche que j'ai écrasée le matin même contre son crâne dans un faux mouvement.

— Je me suis déjà excusée pour ça, me plaignis-je en dévalant à mon tour les escaliers.

— Et tu vas encore devoir t'excuser un moment, me lance-t-il avant d'ouvrir grand à nos invités, ce qui ne me laisse aucune chance pour répliquer à son sous-entendu salace.

La femme qui se tient dans l'encadrement est, comme je m'y attendais, renversante.

— Pénélope !

Ma voix est trop dans les aiguës pour être normale, mais elle ne me connaît pas assez pour le savoir.

— Richard, salut, James.

Richard, le troisième époux de Pénélope, est un homme élégant, portant toujours un nœud papillon très proche du cou, me donnant l'impression qu'il manque d'air. Richard et Pénélope sont à la retraite depuis longtemps, mais conservent des actions dans le cabinet où travaille James.

— Ma chère, j'ai appris vos malheurs. Quelle… Vous savez, j'ai eu deux enfants d'un autre mariage et…

Voilà, le verbe facile et sans tact des avocats commence.

Pénélope m'explique comment elle a déshérité son dernier enfant avant de changer d'avis. Après tout, il a seulement tenté de tuer son deuxième mari.

Cette information me laisse interdite, tandis que nos seconds invités frappent à la porte. En bon hôte, James se lève et les accueille, un sourire charmant sur le visage.

— Patrick, Mick.

James est un peu plus tendu et je remarque la présence d'un inconnu aux côtés de Patrick, l'associé principal du cabinet.

— Mick est la dernière conquête de Patrick, me chuchote Pénélope pour répondre à mon haussement de sourcil interrogateur.

— Oh…

Je ne sais pas vraiment quoi rajouter. James m'a rapidement prévenue de ne pas m'attacher aux personnes accompagnant Patrick en soirée, mais il n'avait jamais ramené d'hommes.

— Il a toujours été les deux… me souffle Pénélope, comme si elle lisait dans mes pensées.

Je les regarde et comprends que leur relation doit être très récente. Mick, mal à l'aise, salue timidement James qu'il semble déjà connaître, avant de se diriger vers nous.

— Il nous ramène L.A. en une année celui-là, dit Richard en reniflant d'un air mauvais.

Le couple Scars, Pénélope surtout, n'est pas réputé pour être des personnes charmantes.

Je m'y accommode aisément, puisqu'ils n'ont pas encore eu d'intérêt à me descendre ouvertement.

— Richard, Pénélope… Quelle bonne surprise.

Patrick me jette un regard appuyé en prenant dans ses bras la femme Scars. Je lui réponds d'un léger sourire de connivence.

J'adore cet homme, tout du moins autant que je puisse apprécier l'homme qui convoite le même poste que mon fiancé.

— Julia, tu es ravissante, s'extasie-t-il en me faisant tourner à l'aide de sa main.

Poliment, je le remercie avant de le prendre dans mes bras. Patrick est un homme tactile, je le sais, mais cela surprend toujours un peu.

— Pourquoi les avoir invités ? se plaint-il dans mon cou.

Je le regarde et je hausse les épaules. Je connais la réponse : James veut se faire bien voir des actionnaires majoritaires du cabinet et je le comprends.

Une sonnerie retentit à nouveau. James laisse Mick seul au milieu du salon pour aller ouvrir. Son visage se fend d'un fabuleux sourire et je ne peine pas à savoir qui se cache derrière notre lourde porte d'entrée.

— Émilie, grinçai-je des dents, en même temps que la voix fluette de cette dernière apostrophe mon fiancé.

— Mon chou, que tu es beau.

Elle se jette à son cou avant de lui poser un baiser sur l'arête de la mâchoire.

Patrick me pose une main apaisante sur l'épaule.

— Ce n'est pas un bon coup, je l'ai dit à James…

Sa phrase me provoque une toux nerveuse.

Il me lance un sourire des plus charmants et s'éloigne.

James m'observe inquiet, ce qui permet de détourner son attention de la plantureuse et talentueuse dernière associée senior en date du cabinet prestigieux dans lequel gravite tout ce beau monde. Sauf Mick et moi, je doute d'une quelconque relation entre le cabinet et Mick à voir son allure guindée.

Émilie s'avance vers moi, un sourire carnassier plaqué sur le visage. Ses charmes réservés à la gent masculine ont disparu.

— Toujours là.

Je lui souris, en levant la main gauche où la bague de James scintille. Ses yeux passent de mon visage épanoui, à la pierre précieuse, signe de notre futur engagement. Son teint blêmit un peu, avant de briser la gêne :

— Félicitations.

Elle ne semble pas réellement sincère, mais je n'y porte pas d'intérêt.

James parle avec Patrick et Richard d'un air enjoué et je feins d'apprécier la compagnie des deux femmes de la soirée.

— J'ai quelque chose à dire...

James se racle la gorge, alors que nous prenons place autour de la table basse, chargé d'amuse-bouches.

— Aujourd'hui, ma vie change.

Il rougit en voyant Émilie lui adresser un clin d'œil appuyé. Je lève les yeux au ciel, excédée par son comportement aguicheur.

— J'ai emménagé ici pour entrer de ce cabinet prestigieux qu'est *Karlen & Scars Law*, il tend son verre face au couple Scars, fiers comme des paons. Je ne remercierai jamais assez mes collègues et amis.

Cette fois-ci, Émilie et Patrick restent plutôt discrets, lui répondant d'un simple signe de tête.

James lève un peu plus sa coupe en l'air, me fixant intensément.

— Mais je souhaite surtout remercier ma sublime et patiente future épouse de son dévouement lors de mes longues nuits d'absence, mes journées de plaidoirie et mes colères contre les camps adverses. Je t'aime.

Sa déclaration publique me met mal à l'aise. Les yeux brillants, je lui articule un *Je t'aime* sans son. Émilie se rembrunit, tandis que Mick envoie un coup de coude appuyé à Patrick ce qui m'arrache un sourire.

— Santé !

Le signal de James autorise tout le monde à boire la coupe de champagne que nous tenons tous à la main.

Les conversations reprennent de bon train. Mick engage Émilie sur les procédures d'expulsion et de VISA. Je comprends rapidement qu'il travaille pour une association de réfugiés, ce qui explique sa manière d'agir au milieu d'avocats.

Mon oreille traîne d'un groupe à l'autre, sans vouloir réellement participer.

Je ne vois pas Pénélope s'avancer d'un pas décidé vers moi, trop occupée à choisir mon prochain petit four.

— Ma chère !

Elle m'arrête net dans ma contemplation de canapés aux crevettes.

— Pénélope.

Ma voix est posée, j'attends qu'elle demande ce qui lui brûle les lèvres depuis le début de la soirée.

— Qu'allez-vous faire maintenant ?

Je l'observe un instant, consciente de marcher sur des œufs.

— Préparer le mariage…

Un ton peu convaincant, qui lui arrache une moue réprobatrice.

— Dans la vie.

Sèche et directe, elle devait être un pitbull au barreau.

— Je…

Je me fige, me souvenant avoir promis à James de ne pas parler de mes projets. Des yeux, je cherche son aide, il m'observe depuis l'autre côté de la pièce, entouré de Richard et Patrick en pleine conversation.

Je baisse le regard, penaude. Comment puis-je me sortir des griffes de cette féministe haïssant autant, si ce n'est plus, les femmes soumises que les hommes machistes.

L'ancienne avocate tapote sur son verre en signe d'impatience. Les secondes s'égrènent et je déglutis difficilement.

— Pénélope, je savais que vous gâcheriez ma surprise, dit James en m'attirant dans ses bras.

Son intervention me fait pousser un soupir de soulagement avant de relever mon visage vers lui, perplexe.

Je jette un coup d'œil à notre interlocutrice et constate qu'elle partage mon étonnement.

— Encore une surprise ? s'amuse Pénélope.

— Je suis comme ça, que voulez-vous…

Son ton charmeur adoucit le pitbull qui lui décroche même un joli sourire.

— Qu'allez-vous faire ? s'enquit de nouveau Pénélope, en ignorant la moue désapprobatrice de mon fiancé.

— Dis-lui, soupire-t-il

Je me racle la gorge, mal à l'aise. La nouvelle n'est pas si extraordinaire.

— Je reprends mes études. Il ne me reste que l'internat à faire et je serai médecin.

Elle pouffe de rire un instant.

— Vous n'avez pas votre licence ?

Je me rebiffe sous son air dédaigneux.

— Bien sûr que si. Je dois simplement… Me remettre à niveau.

James et moi avons parlé. Malgré avoir passé l'autorisation d'exercer en tant que médecin[1] généraliste, je ne me vois pas tout de suite reprendre du service.

Faire une année ou deux de résidence me permettra d'être opérationnelle pour ouvrir un cabinet. Je pourrais peut-être atteindre la spécialité de *Family Practice*...

— Vous savez dans quel hôpital vous...

— Pas besoin de vos contacts Pénélope, elle va intégrer l'un des meilleurs internats de l'État.

— Ah oui ? Dites-moi...

Pour une fois, la curiosité de cette femme ne me dérange pas. James se penche dans mon cou pour répondre à ma curiosité silencieuse.

— *UCLA Medical Center.*

Son air ravi provoque une moue chez Pénélope.

— Qui connaissez-vous ?

James lui adresse un sourire pour toute réponse.

Son bras m'attire un peu à l'écart des invités. Quand je lève les yeux vers lui, j'ai la tête qui tourne sûrement à cause du champagne.

— Désolé de te l'annoncer comme ça... J'ai appelé plusieurs clients cette semaine et j'ai eu l'opportunité de te trouver une place dès la prochaine rentrée. Je voulais réserver dans un restaurant chic pour...

Je m'appuie sur la pointe des pieds pour être à sa hauteur. Mon manège l'amuse et il observe mon corps qui tangue dangereusement.

---

1. Aux USA, les études médicales comportent 4 années de formation initiale où l'on obtient le titre de Doctor of Medecine (MD). Le post graduate training (entre un et deux ans après les 4 premières années) offre le droit d'exercer. Ensuite la Residency qui dure de 3 à 7 ans, où l'on acquiert une spécialité, y compris celle de Family Practice au bout de 3 ans (médecine de famille).

Avant de m'écrouler comme une idiote, j'enlace mes bras autour de son cou. Ses lèvres charnues tremblent lorsque mon souffle chaud se rapproche de son visage.

J'entrouvre les lèvres et il m'imite, son regard planté dans le mien.

La bulle d'intimité que je crée avec lui me fait oublier nos invités.

— Hum hum… Les amoureux…

La voix amusée de Patrick nous tire de notre mutuelle contemplation. Mes joues rougissent malgré moi, alors que James me fait pivoter vers nos invités, me maintenant toujours près de son corps.

— Votre apéritif dînatoire était super, mais nous pensions sortir après…

Richard et Pénélope lèvent les yeux au ciel.

— Sans nous, déclare-t-elle en échangeant un regard entendu avec son mari.

Émilie lâche un petit rire avant de se placer entre Mick et Patrick.

— J'en suis. James ?

Son ton mielleux me donne envie de vomir, mais je me retiens en sentant les mains de mon fiancé se resserrer contre moi.

— Non, on va plutôt…

— Oui. On vient !

Je lance ça sans réfléchir. Agacée qu'Émilie passe pour la femme fatale capable de s'amuser et moi l'éternelle rabat-joie.

— Tu es sûre ? s'étonne James

Il plonge son regard de braise dans le mien, cherchant à comprendre mes intentions. Je lui fais un clin d'œil.

— Parfait ! Tu veux peut-être te changer ?

Patrick soulève effectivement un point essentiel, ma longue robe de soirée n'est pas vraiment adaptée à l'intérieur d'une boîte de nuit de la côte ouest.

— Je suis là dans cinq minutes !

Ma réflexion s'accompagne d'un haussement de sourcils général. Je ne leur en tiens pas rigueur, sachant déjà ce que je vais porter.

Mon dressing bien rangé devant mes yeux, je fouille dans l'une des protections plastifiées de l'arrière de ma penderie.

En touchant du bout des doigts la texture de la combinaison short, neuve et indécente, je rougis. James ne m'a jamais vue dans une telle tenue.

Je sors la combinaison en simili cuir noir. De simples bretelles pour tenir le haut et une coupe short qui devrait mettre mes fesses en valeur.

Impatiente, je me débarrasse rapidement de ma robe que je pose sur une des chaises du dressing. Un coup d'œil dans le miroir me fait froncer les sourcils.

Mes sous-vêtements vont se voir avec une telle tenue… J'ouvre à la volée un tiroir et en sors un ensemble de lingerie noir. Un string en dentelle noire et un soutien-gorge sans armatures du même tissu, les préférés de James.

Je glousse comme une collégienne en les enfilant. L'alcool commence à me monter à la tête.

Le contact de la combinaison me fait frissonner. Je m'observe un instant dans le miroir. Le galbe de mes seins n'est pas trop prononcé avec ma lingerie fine, ce qui donne simplement le début d'un décolleté plongeant. Un petit tour sur moi-même et je me félicite d'avoir un tel fessier. Les cours à la salle de sport étaient finalement payants.

Satisfaite du résultat, j'opte pour une paire de sandales noires qui remontent en lacet autour de mon mollet.

Les talons auraient donné une touche vulgaire à ma tenue et l'idée n'est pas de provoquer un arrêt cardiaque à James.

— Plutôt le templa...

La voix de Mick s'arrête lorsqu'il m'aperçoit le premier. Au vu de sa tête déconfite et en même temps charmée, je comprends qu'il partage le même amour des femmes que Patrick.

— Tu es... une bombe, s'exclame Patrick en suivant le regard de son compagnon.

James et Émilie en grande discussion plus loin se retournent en même temps. L'idée de le voir aussi proche d'elle, une main sur son avant-bras m'aurait énervé si je n'avais pas vu ses yeux immédiatement brûler de désir en m'apercevant.

Instinctivement, il se mord la lèvre inférieure en me rejoignant.

Ses yeux me dévorent, passant de mon décolleté à mes fesses.

Fière de mon résultat, je tournoie pour les laisser me reluquer.

Émilie reste en retrait, visiblement vexée.

Je ne sais pas si c'est ma tenue ou sa conversation avec James, mais sa bonne humeur semble révolue, et je m'en satisfais.

# Chapitre 7

Le trajet dans le cabriolet de Patrick se fait en silence.

James n'arrête pas de parcourir ma peau nue de douces caresses qui me provoquent des frissons de plaisir. Émilie suit ses doigts sur mes jambes d'un air dégoûté. Heureusement, elle se trouve collée contre la fenêtre de gauche, tandis que James est au milieu, mais très proche de moi. Ses yeux me dévorent et il ne peut s'empêcher de contracter sa mâchoire lorsque je mords mes lèvres, consciente de la tension palpable entre nous deux depuis ma descente d'escalier dans cette tenue.

Patrick et Mick se disputent à l'avant sur le choix de notre point de chute. Je m'en moque. L'idée d'être dans une pièce bondée, me collant à James sous le rythme d'une musique, sans beaucoup de lumière me suffit à bouillonner de l'intérieur. Ce dernier m'observe, amusé de voir à quel point je suis agitée.

— Tu penses à quelque chose… me demande-t-il en se penchant au-dessus de ma poitrine pour ne se faire entendre que de moi.

Ses yeux passent sur mon décolleté, puis mes lèvres entrouvertes et enfin se plongent dans mes yeux aux pupilles dilatées.

— Peut-être…

Je cligne innocemment des cils et il rit.

— Tu veux ma mort, toi… souffle-t-il ?

Au moment où je m'apprête à lui répondre, Patrick prend la parole.

— On est arrivé, les amis ! Vous descendez ? Je vais garer la voiture dans leur parking souterrain.

Ni une ni deux, nous nous retrouvons tous les quatre sur le trottoir en face d'une immense entrée. Émilie se dirige sans hésiter vers le videur.

Le fait qu'elle lui fasse la bise ne m'étonne pas plus que cela. James et Mick semblent penser la même chose. Son penchant pour la fête nous permet au moins d'entrer rapidement dans la discothèque sans attendre à l'extérieur notre tour. James ne me quitte pas d'une semelle, la main au creux de mon dos.

Je ne m'en plains pas, au vu de la grandeur de la boîte qui m'effraie un peu.

Je suis plus du genre bar chaleureux, pub irlandais et pas boîte de nuit extravagante.

— Ne t'inquiète pas, on ne va pas rester longtemps ici, me murmure James dans l'oreille.

Malgré la musique forte, j'entends parfaitement sa voix. Sa bouche est quasiment collée à ma peau.

— Ah bon ?

Mon étonnement le fait rire.

— Tu es trop belle pour que je te partage longtemps. Et puis j'ai envie de profiter de notre dernière soirée en amoureux, surtout quand tu es comme ça.

Son regard passe une nouvelle fois sur ma tenue. Ses yeux brillent d'excitation et je ne peux m'empêcher d'être fière de moi. Émilie ne semble plus si sublime maintenant.

— Je vais chercher à boire, reste avec Mick.

En oubliant de mentionner Émilie, je me rends compte qu'elle nous a déjà faussé compagnie. De loin, je vois sa silhouette se trémousser sur le *dancefloor*.

James chuchote quelque chose à Mick et disparaît dans la foule. Directement, ce dernier vient se coller à moi, en m'adressant un clin d'œil.

— Il t'a dit quoi ?

— De ne laisser aucun homme t'embarquer, et crois-moi, il a raison d'être prévoyant !

Je me vexe légèrement, ne considérant pas avoir besoin d'une baby-sitter.

— Il est où ?

— Au bar.

Je me mets sur la pointe des pieds, regrettant de ne pas avoir pris des talons pour avoir une meilleure visibilité. Le monde affolant qui s'agglutine autour du bar me fait lever les yeux au ciel.

— Je crois que…

Je tente de dire quelque chose à Mick, mais ce dernier regarde avec attention quelque chose derrière moi. Je me retourne et vois Patrick en grande conversation avec une magnifique brune qui me dit vaguement quelque chose. Je reconnais enfin l'ex du jeune homme. Mick semble à son expression tendue, la reconnaître également.

— Je dois y aller, lis-je sur ses lèvres.

Il fonce droit vers son compagnon, toujours en grande conversation, un sourire niais sur les lèvres.

Je décide de ne pas m'attarder sur le futur conflit et me dirige vers le bar pour retrouver James.

La foule opaque m'empêche de le rejoindre rapidement.

Après une dizaine de coups de coude et d'excuses répétés, j'arrive à m'insérer dans une des parties du bar. Mes yeux papillonnent à droite et à gauche sans apercevoir James. Je soupire. Cette boîte de nuit est immense. Je regrette de ne pas avoir suivi Mick dans son affrontement sûrement cinglant avec l'invétéré dragueur de notre bande.

Je pose mes mains sur le bar à la recherche d'une solution. Monter sur cette immense plaque pour réussir à retrouver James pourrait en être une, mais je ne suis pas sûre de vouloir l'effet d'un tel comportement. Surtout en petite tenue moulante en cuir noir.

— Dure journée ?

La voix d'un inconnu derrière mon oreille me fait sursauter.

Un homme, blond, mal rasé m'observe le regard amusé.

— Non.

Il fronce les sourcils face à ma réponse abrupte.

— Ça en a l'air pourtant, vu votre expression sérieuse.

Je me mords la lèvre avant de lui faire face.

— Je réfléchissais juste aux conséquences de me mettre debout sur le bar pour retrouver quelqu'un.

Il arque un sourcil, surpris.

— Et pourquoi vous ne le faites pas ?

— Je n'ai pas envie de me créer des ennuis et…

Ma phrase est laissée en suspens quand l'inconnu me prend par la taille et me projette sur le comptoir. Étant largement plus grand que moi, il arrive à me poser aisément dessus. Par réflexe, je me redresse.

Une dizaine de paires d'yeux me fixent, interloqués et… heureux.

Dans cette foule d'inconnus, je vois James, atterré au milieu de la piste, trois verres à la main.

Rouge comme une écrevisse, je descends promptement, poussant l'inconnu hilare.

— Vous auriez dû voir votre tête, vous…

Je le fusille du regard.

Un homme arrive droit sur moi, les bras tendus vers ma poitrine. Ses yeux hagards ne trompent pas quant à ses intentions.

L'inconnu lui barre la route, un bras contre sa poitrine.

— Tu la touches, je t'en colle une.

L'obsédé me regarde un moment sans comprendre avant de choisir de faire demi-tour. Je profite de son départ pour m'insérer dans la brèche qui vient de se former dans la foule compacte. L'inconnu me retient par le bras.

— Même pas un merci ?

Ses yeux se plongent dans les miens. Je vois rouge. Secouant mon bras pour qu'il lâche prise, je m'avance d'un pas déterminé vers lui.

— Un merci ? Pour m'avoir humiliée ?! Mais vous êtes complètement…

Ma phrase meurt quand ses lèvres s'approchent dangereusement de mon visage. Sa main s'empare de mon bras en l'air pour le plaquer contre son torse. Ses muscles saillants se dessinent sous mes doigts fins.

— Je n'avais pas besoin d'aide, marmonnai-je, moins virulente.

L'inconnu rit, dévoilant une rangée de dents piochées dans un magazine de dentiste. Ses yeux ont une couleur indéfinissable à cause des lumières projetées du plafond par vagues.

— Je sais. Vous ne seriez pas intéressante sinon… si sexy…

Il est collé à mon visage pour me dire ça. Je sens presque le contact de sa barbe de trois jours sur ma peau.

— Et puis, je suis médecin, j'ai l'habitude d'aider sans qu'on me le demande…

Médecin. Ce mot me ramène à la réalité. À James qui vient de me décrocher le meilleur internat possible de la Californie, à son regard tout à l'heure, à ses baisers.

Je repousse ce médecin inconnu d'un coup sec et m'enfonce dans la foule. James n'a pas bougé, immobile, à quelques mètres d'où il m'a aperçue sur le bar.

En m'avançant vers lui, j'ai peur de ce qu'il a pu voir et comprendre.

Le visage fermé, il me regarde avancer vers lui.

Sans réfléchir, je me jette sur ses lèvres. Je ressens le besoin vital de le sentir près de moi. Au début réticent, il se laisse aller à mon contact passionné.

L'un des verres se vide à moitié sur ma tenue.

— On s'en va, le supplié-je entre deux baisers langoureux.

L'air de mon avis, il pose les verres sur un bout-de-table et m'entraîne avec lui.

En sortant, nous croisons Patrick en pleine discussion houleuse avec Mick. James lui fait un signe de tête et son collègue semble comprendre.

Une file de taxis en face de la boîte nous permet de rentrer rapidement au loft.

D'une main tremblante, j'ouvre la porte d'entrée, tandis que James m'embrasse dans le cou. Sa langue réveille mes sens.

La porte claque derrière nous, tandis qu'il me plaque contre le mur du salon. Le ciment frais me provoque des frissons. Ses yeux m'observent, une lueur nouvelle s'en dégage.

— Qui était-ce ?

Sa question sort entre deux baisers. Je me tends sous son ton froid.

— Qui ?

Il rit.

— Tu sais très bien, Julia.

Sa voix vibre sous l'excitation. Ou la colère.

Sa bouche s'empare de la mienne un instant avant de me relâcher. Sa main tient mon menton. Il plonge de nouveau son regard dans le mien. Je déglutis.

— Je ne sais pas. Un inconnu ivre…

Je me garde bien de lui dire qu'il est médecin, ne sachant même pas si c'est la vérité. J'ai dû mal à m'imaginer un tel homme capable de se préoccuper d'autre chose que de son plaisir.

— Tu penses à lui ?

Sa voix est tranchante.

— Que dirais-tu si je pensais à Émilie, là, maintenant ?

Ma réaction est immédiate, je me colle à lui et l'embrasse pour le faire taire. Pour oublier mon cauchemar d'il y a quelques jours, lui avec une autre femme, une mère…

Mes doigts courent sur sa chemise que je lui ôte rapidement. Son pantalon vient le rejoindre. Son corps est divin et je veux sentir sa chaleur contre ma peau. Mes doigts glissent sous mes bretelles.

— Non, ne te déshabille pas.

James me fixe d'un air taquin. Ses pieds reculent pour s'éloigner de moi.

Je le regarde perplexe.

— Je sais comment tu vas te faire pardonner…

Ma peau réagit immédiatement. L'échine de mon dos se contracte tandis qu'il passe sa langue sur ses lèvres. Mes pieds nus glissent sur le sol pour le rejoindre. Il s'affale sur le canapé en me tendant la main. Je la prends et il tire un coup sec pour m'attirer vivement vers lui. Je m'étale sur lui.

Ses yeux me dévorent. Ses mains longent le tissu de ma combinaison. Ses doigts passent plus longuement sur les endroits découverts. Sa langue passe sur mon cou, ses dents mordillent ma peau et je m'enflamme sous ses yeux.

— Je suis le seul à pouvoir te faire ça, me chuchote-t-il.

D'un geste de la main, il repousse une bretelle, puis l'autre. Je me tortille pour enlever le reste. Ma lingerie lui fait pousser un soupir de plaisir.

— Tu es tellement belle… sexy…

L'image de l'inconnu revient dans mon esprit. Je sens sa barbe sur ma peau, ses yeux qui me fixent et son torse…

James et le médecin inconnu se mélangent au moment où je l'embrasse passionnément.

Ma tête me tourne, tandis qu'il se fait de plus en plus fougueux.

Mon corps explose au rythme du sien, un autre visage non loin de mes pensées.

# Chapitre 8

*Sa peau sent l'eau de Cologne. Ses doigts passent le long de mon cou, créant des vagues de frissons jusqu'en bas de mon ventre. Son sourire éclatant me fait tourner la tête. Je relève les yeux vers sa barbe de trois jours qui creuse légèrement ses joues. Deux mèches blondes glissent le long de son front...*

Le café bouillonnant dans la machine me tire de mes pensées.

Des semaines que je fais le même rêve après m'être endormie dans les bras de James. Ce médecin inconnu, à la barbe piquante et aux cheveux blonds, m'obsède sans que je sache pourquoi. Sans avoir personne à qui en parler, j'en suis arrivée à la conclusion qu'il représente ma nouvelle vie que je fantasmais depuis si longtemps. Devenir médecin et Drew n'est qu'une allégorie de ce futur palpitant. Je ne connais pas son vrai nom, mais j'ai dû me résoudre à lui en donner un pour arrêter de le nommer « le médecin sexy », « bel inconnu », etc. dans mon esprit.

— Mon ange ?

La voix de James me fait remarquer que le café est prêt.

— Tu as bien dormi ?

Son regard inquiet me paralyse. Pourquoi me parle-t-il de mon sommeil ?

— Tu étais… agitée, rajoute-t-il en se servant une tasse de café.

Je rougis, consciente qu'il n'apprécierait pas que je rêve de quelqu'un d'autre.

— Une sorte de rêve… cauchemar…

Il arque un sourcil. J'inspire avant de lui avouer une partie de mon rêve.

— Nous sommes en lune de miel…

Le sourire de James m'invite à continuer, je me mords la lèvre ne sachant pas comment amener la chose.

— Tu… Nous sommes parfaits. Mais au moment de dormir, tu m'avoues vouloir des enfants…

Les larmes me montent aux yeux, mais je continue. James se tend.

— Une autre femme arrive dans la chambre…

Je me retiens bien de lui dire que c'est Émilie, continuant mon histoire :

–… et tu pars avec elle.

— Et tu restes seule…

Sa voix attristée me culpabilise davantage. Justement, le médecin arrive à chaque fois quand je me retrouve seule dans cette luxueuse chambre d'hôtel…

James pose sa tasse pour m'enlacer. Son contact doux et chaud me tord l'estomac. Je dois vraiment arrêter de faire ce rêve. Remettre sans cesse en doute l'amour de cet homme parfait et penser à un inconnu aux mœurs disons grossières.

— Tu sais pourquoi tu fais ce cauchemar ? me murmure mon fiancé, son menton posé sur mes cheveux.

Je secoue la tête de gauche à droite pour lui signifier que non. Je le sens sourire contre moi avant de s'écarter.

— Tu commences aujourd'hui l'internat. Tu stresses et tu as peur que je te trompe, simplement parce que tu seras moins présente.

J'ouvre la bouche pour répliquer que cela est sûrement plus dû au fait que je suis stérile comparée aux autres femmes, mais son visage si sûr de lui m'oblige à acquiescer.

— Bon, j'y vais ! Bon courage pour ton premier jour, tu vas être parfaite ! Cet hôpital a de la chance de t'avoir, j'ai de la chance de t'avoir…

Il m'embrasse prestement et avale plusieurs gorgées de café.

— Encore brûlé, me lance-t-il en sortant.

Je souris et me sers un café. Le loft silencieux m'angoisse. Je regarde l'heure. 7h30… J'ai encore le temps d'arriver bien en avance à l'hôpital pour notre tour de présentation.

— Courage, ma petite…

Mon encouragement personnel se meurt dans l'immense pièce d'entrée ce qui me fait frissonner.

Je prends mon sac à main, les clés de l'appartement et de ma voiture avant de sortir dans l'air frais des matins californiens. Seul moment où j'ai l'impression de vivre à Newark.

Je repousse cet air de nostalgie dans un coin de ma tête avant de m'infiltrer dans la circulation déjà bien dense de Los Angeles.

Mon GPS m'indique les routes les moins fréquentées ce qui me fait arriver encore plus en avance que prévu sur le parking de l'hôpital. En me garant, je remarque rapidement un groupe de jeunes en pleine discussion. Ils doivent avoir à peu près 24 ans. Je grimace me sentant pour la première fois vieille à 29 ans.

Je sors de ma voiture et leurs rires s'arrêtent. Pense-t-il que je suis déjà une chirurgienne diplômée ? Je me rembrunis à l'idée de leur réaction en apprenant que je suis une interne comme eux.

Je passe non loin du groupe sans leur accorder un regard. De biais, je les vois m'observer. Mon estimation de loin a l'air correcte. Deux filles ayant un peu plus de vingt ans me regardent d'un air mauvais et les trois hommes qui les entourent me reluquent sans vergogne. Heureuse de ne rien porter de moulant, je m'avance vers l'entrée du bâtiment.

Le brouhaha typiquement hospitalier me regonfle un peu.

J'aime cet univers et mon âge importe peu. Je me dirige vers l'accueil, sachant pertinemment que je vais déranger les deux secrétaires croulant sous les appels. L'une d'elles, ayant un certain âge, relève la tête vers moi en me faisant signe d'attendre, ce que je fais sans rechigner. Au bout de quelques minutes, elle me fait signe d'approcher.

— Oui ?

Son ton pressé m'invite à aller droit au but.

— Bonjour, je suis interne, c'est ma première journée et...

Elle soupire en levant les yeux au ciel. D'une main, elle griffonne quelque chose sur un bout de papier avant de glisser son stylo entre ses dents.

— Voilà un petit plan rapide. Si vous ne trouvez pas, demandez votre chemin sans déranger les médecins qui travaillent.

Elle me tend la feuille de bloc-notes où des traits s'alignent et se croisent.

Je me recule, fixant cette indescriptible carte quand mon dos percute quelque chose.

— Attention !

Je me retourne confuse de provoquer déjà un problème.

— Pardon.

Mon souffle gêné est quasiment indistinct

Deux jeunes ambulanciers s'éloignent déjà de moi.

Le dernier se retourne vers moi, marchant à reculons pour rejoindre son collègue. Il est à quelques pas de moi, un sourire aux lèvres.

— Je suis costaud, ce n'est pas un coup de fesses qui me cassera, s'esclaffe-t-il en m'adressant un clin d'œil.

Je lui souris, avant de reprendre la contemplation de mon plan.

Un gribouillis montre l'étage 3 ou 6... Je soupire, heureuse d'avoir du temps devant moi.

Je m'avance vers les ascenseurs que les ambulanciers viennent de prendre. L'un d'eux est vide et je m'y engouffre directement, satisfaite de ne pas perdre mon temps à attendre.

Une main arrête la fermeture des portes. Une femme d'environ 35 ans, les bras chargés de deux petits marmots identiques, me regarde. Deux autres jeunes d'une quinzaine d'années environ trépignent derrière elle.

— Désolée, s'excuse-t-elle en entrant dans l'ascenseur.

Je lui adresse une sorte de sourire compatissant et me pousse dans un coin. Le plus vieux des adolescents vient se mettre devant moi. À peine les portes de l'ascenseur fermées, l'énorme tignasse rousse et le corps imposant de ce dernier me provoquent une sensation de claustrophobie désagréable.

L'ascenseur s'arrête au premier étage sans me délivrer de cette sensation. Au contraire, l'arrivée d'un autre passager ne fait que l'amplifier. La femme se pousse légèrement vers moi. Je lève les yeux au ciel. Comment quelqu'un a pu croire qu'il y avait encore de la place dans cette boîte de taule et d'acier ?

— Elles sont ravissantes, comme leur mère.

La voix roucoulante du nouvel arrivant m'exaspère. Draguer une femme, sûrement épouse, entourée de ses enfants... Certes, cette belle rousse aux cheveux ondulés est l'incarnation de nombreux désirs masculins, mais tout de même.

— Merci.

Le ton froid de cette dernière me déclenche un petit rire satisfait.

L'ascenseur s'arrête une nouvelle fois. La famille sort en trombe et je vérifie l'étage. Deuxième. Encore un.

Je ne prête pas attention au dragueur, jusqu'au moment où je me sens observée.

La première chose que je constate, c'est qu'il porte une blouse blanche. Ma tension monte. Serait-ce un de mes professeurs de cette année ? Un de ceux qui pourraient m'apprendre à sauver des...

Mes pensées s'arrêtent quand mon regard remonte son torse.

Ses dents, blanches et parfaites, me liquéfient.

— Une aussi belle compagnie pour un ascenseur... murmure-t-il en scannant mon corps de haut en bas.

Je suis pétrifiée. Mes cils clignent plusieurs fois pour être sûrs de bien voir ce que j'ai sous les yeux.

— Vous...

— Oui ? me coupe-t-il en se rapprochant de moi.

Ses yeux sont bleus... Moi qui n'arrivais pas à me les imaginer depuis plusieurs semaines. Sa barbe est un peu plus courte que lors de notre première rencontre. Son eau de Cologne est identique. Je referme la bouche en me rendant compte que je bave devant lui.

— Rien, rien.

Son attitude me laisse penser qu'il ne se souvient pas de moi. Sûrement l'alcool.

Perplexe, il arque un sourcil, mais ne cherche pas à comprendre, un sourire flottant sur ses lèvres.

— Famille d'un patient ? me demande-t-il

— Interne…

Mon murmure lui arrache un « Oh » d'étonnement.

— Nouvelle ?

Je déglutis en hochant la tête, me mordant le bord intérieur de la joue pour arrêter de sentir ce parfum agréable et enivrant.

— Vous êtes en retard ! m'apprend-il.

Par réflexe, je regarde ma montre. J'ai encore 35 minutes d'avance.

— Je ne crois pas.

Mon ton est plus sec qu'il n'aurait dû.

L'ascenseur émet un signal pour nous prévenir de l'arrivée au troisième étage, je m'avance prête à sortir. Il reste en retrait sans un mot. Je franchis les portes à peine entrouvertes quand je l'entends soupirer. L'envie de me retourner est tentante, mais je n'en fais rien. Survivre ici consiste à laisser cet homme dans le noir concernant notre première rencontre.

Plus lucide, je regarde ma petite carte illisible, quand une main m'attrape le coude. Prête à hurler, j'observe l'inconnu, les yeux rivés sur moi.

— Venez, on n'a pas de temps à perdre à regarder un morceau de papier. Le docteur Fin risque de ne pas apprécier un tel retard.

Hébétée, je le suis sans avoir vraiment le choix, mon bras prisonnier de sa poigne.

Nous traversons le service d'un pas trop rapide. Ses immenses enjambées m'obligent parfois à trottiner.

Après trois portes à battant, nous nous retrouvons dans le service de gériatrie.

— C'est bien lui de vous faire commencer dans un tel endroit, marmonne-t-il d'un air amusé.

Je ne relève pas, essayant de me souvenir du chemin par lequel nous venons d'arriver, histoire de ne pas me perdre une nouvelle fois.

— Allez-y discrètement, me souffle-t-il, la tête penchée vers moi.

En plein élan pour rattraper mon retard sur lui, je n'arrive pas à m'arrêter assez rapidement. Ma tête vient heurter la sienne doucement. Sa bouche frôle mon nez et je rougis de la tête aux pieds. Sa respiration est plus saccadée et il soupire lentement, avant de s'éloigner de mon visage, ses yeux fixant ma bouche entrouverte.

Je la referme immédiatement avant de regarder devant nous. Le groupe que j'ai vu sur le parking est là, comme une dizaine d'autres internes. Plusieurs paires d'yeux nous fixent. L'inconnu lâche mon bras et s'éloigne sur le côté.

— La première perdue, s'exclame-t-il tranquillement, en venant à la rencontre d'un homme en blouse blanche que j'identifie comme le docteur Fin.

Ce dernier me reluque de la tête au pied, un regard mauvais sur le visage. Apparemment, je viens de me faire un nouvel ami.

— Qu'est-ce que tu fais avec mes internes, toi ?

— Ils ne sont pas qu'à toi. Je viendrai t'en voler de temps en temps.

En disant cela, il se retourne vers moi, un sourire appuyé sur le visage.

Le docteur Fin suit son mouvement de tête et le rabroue d'un coup dans l'épaule.

— Tu ne changeras jamais. Allez, laisse-moi tranquille. Ils ont du boulot, eux !

Le beau gosse rit et fait demi-tour. Je me contracte quand il se rapproche de moi.

— Dean, enchanté… une nouvelle fois, me chuchote-t-il dans le creux de l'oreille avant de s'éloigner d'un pas nonchalant.

Je pousse un petit cri étranglé en comprenant qu'il sait exactement qui je suis.

Plusieurs infirmiers et aides-soignants se retournent vers moi, interloqués. Honteuse, je leur fais un timide signe de tête.

Dean... Drew… Dean… C'est vrai que j'y étais presque, pensé-je en marchant dans la direction où le petit groupe d'internes vient de disparaître.

— Oh, mademoiselle Rotwood nous fait l'honneur de sa présence.

Le ton glaçant du docteur Fin me provoque une grimace, ce qu'il s'empresse de remarquer.

— Et elle n'apprécie pas qu'on le remarque en plus, s'exclame-t-il en se penchant vers son patient.

— Une nouvelle coincée et susceptible ici, murmure l'un des internes.

Ce dernier, dépassant tout le monde d'au moins une tête, arbore un bronzage typiquement californien et ses cheveux oxydés me laissent penser qu'il doit préférer le surf au dur labeur. Son regard ne m'est pas destiné. Il observe la poitrine de la petite brune devant lui, qui lui offre un rapide et sec coup de coude dans les côtes avant de le remettre en place :

— Tais-toi, Sam.

Le docteur n'en prend pas compte, toujours penché au-dessus du patient. À vue d'œil, il doit avoir entre 65 et 75 ans, à la louche. Son visage fatigué ne me permet pas d'être plus précise ni de déclarer de quoi il souffre.

— Vous voyez comment elle vous regarde là, monsieur Schetnoz ? Elle se demande quand vous allez mourir !

J'ouvre la bouche offusquée, de la même manière que les autres internes. Même le cynique Sam semble mal à l'aise.

Fin, lui, rit à gorge déployée sous notre air choqué.

— Cela marche à chaque fois. Que vous êtes décevant ! Mon patient est complètement sourd et vous le sauriez si vous aviez pris le temps de lire le dossier au lieu de draguer des chirurgiens pour obtenir des faveurs. Ici, on gagne sa place ou on sort.

Ses yeux ne se posent pas une seule seconde sur moi, mais je me sens personnellement visée.

Une jeune femme un peu ronde s'approche de moi avant de faire volte-face. Elle énumère sans s'arrêter les constantes du patient et sa pathologie, ainsi que les opérations qu'il a ou aura dans les jours qui arrivent. Cette interne semble la parfaite élève pour obtenir les faveurs de Fin à coups de fayotage extrême.

Après qu'un des internes, nommé Andrew, examine le patient et qu'une des filles du parking, Nina, la petite brune, lui injecte les doses réglementaires sous le regard attentif du docteur Fin, nous sortons de la pièce. J'attends un instant, laissant les autres internes sortirent.

— C'est Relwood, monsieur. Je grimaçai pour ça.

Le docteur lève les yeux vers moi.

Je tourne les talons, sans attendre une autre de ses remarques cinglantes.

Son rire accompagne ma sortie.

Mon regard croise celui d'un jeune homme, d'une petite vingtaine d'années. Son allure me paraît familière. Il ressemble à l'un de mes amis de faculté à l'autre bout du pays. Un jean un peu trop large et des pulls en laine, ici remplacés par un vieux t-shirt tout aussi ringard.

Personne ne fait attention à lui.

— Bon, Rel... Bref, vous. Vous avez besoin d'une baby-sitter ?

Sa question me rebiffe ! Je me retourne vers lui, le menton en l'air.

— Non.

— Je dis ça parce que tout le monde connaît l'hôpital, sauf vous, la... New-Yorkaise, c'est ça ?

Il dit ça sur un ton des plus dédaigneux. Mes origines se réveillent, mais je me retiens.

— Tenez, des plus urgents aux... Ils sont tous urgents. Des contrôles post-op avant que je passe. Si quelque chose vous paraît suspect, vous notez.

Il me donne un tas de dossiers dans les mains, avant de me glisser au-dessus de l'oreille un vieux stylo sûrement mâchouiller par ses dents pointues. Je retiens difficilement une moue de dégoût ce qui semble le réjouir.

— Au boulot, les autres sont déjà en train de finir, je suis sûr.

Je ne réplique rien, même si je doute qu'ils aient eu quoi que ce soit à faire.

De mon côté, une dizaine de dossiers m'attendent.

Fin détale rapidement et je me retrouve seule, sans savoir où aller.

— Eh toi là !

Je hèle le jeune, un peu perdue.

Il sursaute et se pointe du doigt.

— Oui, toi, viens.

Il s'avance vers moi, hésitant.

— Interne ?

Il secoue la tête pour acquiescer, toujours muet, se balançant d'un pied sur l'autre.

— Tu es d'ici ?

— Plus ou moins. Je connais l'hôpital, parce que j'ai étudié ma première année ici, avant de partir pour San Francisco à la mort de…

Je l'arrête avant de devoir l'écouter déblatérer les derniers mois apparemment douloureux de sa vie. Consciente que mon premier titulaire est un tyran, je décide de le couvrir. Me faire des amis ne sera pas un luxe de trop.

— Tu connais donc les vestiaires. Bon. Fin va te tuer s'il te trouve là. Va te changer.

Après un moment d'hésitation, il amorce un premier mouvement.

— Et toi, tu viens ? m'interroge-t-il, prêt à partir.

— Pas le temps.

— Je t'en ramène une ! me lance-t-il, un sourire timide sur le visage.

Je hausse les épaules.

— De toute manière, ma journée est déjà foutue…

— Le docteur Fin est un monstre de réputation. Blouse obligatoire, si tu veux pas finir à changer les pansements toute l'année !

J'acquiesce, avant d'ajouter :

— Tu me rejoins en…

Je me penche sur le premier dossier et lis le numéro de la chambre. Penché au-dessus de moi, il hoche la tête en reconnaissant le service.

— Dépêche-toi !

Il file en courant, loin d'être discret. Je soupire en essayant de trouver mon chemin. Après plusieurs couloirs et la patience de plusieurs infirmières pour m'indiquer le chemin, j'arrive à ma première patiente. Et comme je m'en doutais, Fin est là, à m'attendre. Son regard mauvais incrusté sur ses iris noirs. Au même moment, le jeune interne, vêtu de sa blouse blanche arrive en sueur, sans faire attention au docteur Fin. Il cache prestement la mienne derrière son dos.

— Pourquoi un autre interne vous aide ? Vous n'arrivez pas à… Pourquoi êtes-vous en sueur au lieu d'être avec les autres ?

J'avais raison, les autres ne font pas le sale boulot. Première journée et déjà l'esclave… L'année risque d'être agréable.

— Vous étiez là tout à l'heure ? continue Fin, suspicieux.

Je m'interpose, avant qu'il ne prenne cet homme comme une nouvelle cible à abattre…

— Il était parti chercher le dossier de Madame Sathier… Je l'avais oublié…

Baissant la tête penaude, j'espère être convaincante.

— Vous devriez étaler votre incompétence sur plusieurs jours. Je vais perdre patience.

Je hoche la tête, pinçant les lèvres pour me retenir de dire quoi que ce soit.

— Bon, essayez de vous débrouiller seule. Et vous, allez en salle de repos, je n'ai pas fini les présentations.

J'accuse le coup. Je ne connais pas l'hôpital, les services, les chirurgiens et je manque les seules présentations en bonne et due forme de ma carrière.

— Merci, je ne sais… commence l'interne

— Moi non plus, je ne sais pas pourquoi j'ai fait ça.

Je relève les yeux vers l'interne muet de stupeur face à mon ton glaçant.

— Excuse-moi, je suis plutôt à cran. J'ai rêvé de cette journée des années et… tu n'y es pour rien. Vas-y.

Il jauge mon état, avant de dévaler les escaliers pour retrouver les autres internes.

— Pas très intelligent.

La voix du bellâtre me provoque une nouvelle fois des frissons, ce qui m'exaspère.

Je pivote doucement pour éviter de percuter une énième fois son corps.

— Je vous agace ?

Sa question m'étonne.

— Non…

— On dirait pourtant, vous faites toujours ce petit pincement-là… en me voyant.

Il porte ses doigts sur le creux de ma joue droite. Son contact chaud m'électrise. Je recule d'un pas.

— J'ai des visites à faire.

— Vous ne me demandez pas pourquoi je vous ai dit que ce n'était pas très intelligent ?

Je hausse les épaules.

— Une femme avec un minimum de formes ne doit pas vous paraître très intelligente dans tous les cas, non ?

Il se rembrunit sous mon attaque.

— Vous n'aviez pas l'air de beaucoup vous préoccuper de cela ce soir-là, note-t-il doucement.

Je l'ignore en rentrant dans la chambre de ma patiente. Il me suit ce qui m'exaspère.

— Du harcèlement ? C'est ça, votre technique de drague ? À revoir !

Il rit, avant de sortir. Je l'entends me répondre, ironique :

— Et vous, votre intelligence est à revoir ! Couvrir un autre interne le premier jour, vous avez déjà envie de partir ?

Je grince des dents, mais ne réponds rien.

Étonnée de m'en être rapidement débarrassée, je m'active à étudier le dossier de la femme endormie devant moi.

Je m'apprête à vérifier les bandages qui entourent son cou quand du bruit près de la porte me détourne de mon objectif.

— Harold, vous savez à quel point j'aime votre femme !

— Ne soyez pas poli, mais sincère, docteur Linkt, personne n'aime ma femme à part moi, rit un homme assez âgé.

Les deux hommes entrent comme si de rien n'était, dans la chambre.

— Je te présente Harold, l'un des meilleurs infirmiers du coin, me dit Dean.

— Le seul assez bon pour toujours rendre service surtout, me lance-t-il, avec un clin d'œil appuyé.

Sa blouse blanche lui donne l'air encore plus vieux, mais ses yeux bleus et son large sourire lui apportent une douceur et une sagesse que les patients doivent adorer.

— Enchantée.

Ma voix est un peu plus aiguë que la normale. Mes nerfs lâchent petit à petit.

— Harold et les aides-soignants s'occuperont de ça, viens.

Un peu vexée d'être remplacée, j'hésite.

— Allez, ma belle, profitez d'une visite guidée. Déambuler ici sans connaître, c'est impossible. Et puis, je fais ça pour vous. Le docteur Linkt m'a dit que la plus belle interne avait besoin de moi.

Son sourire charmeur me fait rire et je lui laisse ma patiente.

— Fin, le docteur Fin me tuera si...

Les trémolos dans ma voix augmentent avec la peur de nouvelles représailles.

— Je dirai que j'avais besoin de toi.

Je ris.

— Pour que tout le monde pense que je couche avec vous ? Sans façon !

Dean tilte.

— Ils pensent déjà ça, n'est-ce pas ?

— Hum...

Ma réponse semble lui suffire, il continue sur un autre sujet.

— Tu devrais arrêter de vouloir protéger les autres.

— Pourquoi dites-vous ça ?

— Tutoie-moi, s'il te plaît.

Mes joues rougissent sans que je puisse faire quoi que ce soit. Cette voix est identique à celle que j'entends sans cesse dans mon rêve.

— Je vais me débrouiller.

Je lance ça en rentrant prestement dans l'ascenseur, bousculant au passage une fillette, les larmes aux yeux.

— Tu vas bien ?

Ma question lui fait relever la tête vers moi. Son nez rougi renifle plusieurs fois. Je ne fais pas attention à Dean qui me suit. Heureuse d'avoir pris un jean qui ne craint rien ce matin, je m'agenouille devant elle.

Âgée d'à peine 7 ans, elle continue de sangloter.

— Qu'est-ce qu'il se passe ma puce ?

— Il… il est en train de… il… un ange… Mais je veux pas !

Elle me saute dans les bras, pleurant cette fois-ci à chaudes larmes.

— Calme-toi, tu sais où il se trouve ?

Pour toute réponse, la fillette s'éloigne de moi et appuie sur le bouton 4.

En silence, nous attendons tous les trois que l'ascenseur arrive à l'étage voulu.

Quand les portes s'ouvrent, je me mets à courir pour suivre l'enfant qui détale rapidement entre le personnel soignant. J'entends Dean sur mes talons.

Quelques mètres plus loin, elle s'arrête. Une femme la prend dans ses bras, des larmes inondant son visage.

— Oh, Juliette, tu m'as tellement fait peur. Jeremy te cherche partout et…

— C'est pas mon père ! hurle l'enfant.

Son cri semble désemparer sa mère qui lève des yeux vitreux vers nous.

— Elle perd connaissance.

Ma voix interpelle une infirmière qui retient à temps la femme.

— Beau réflexe, souligne Dean.

Je n'ai pas le temps de savoir s'il parle à l'infirmière ou à moi. Mes pieds s'avancent vers la chambre. Plusieurs infirmières et un médecin débattent oralement sur l'intérêt d'une trachéotomie ou non.

— Qu'est-ce que vous attendez ?

Mon ton frôle l'hystérie.

Le médecin me regarde, interloqué, avant de revenir à sa discussion avec les infirmières.

— Elle a raison, qu'attendez-vous pour lui faire une trachéo ? Cet homme s'étouffe !

Dean me pousse pour atteindre le patient.

— On ne peut pas. Le docteur Fin a été plus que clair : lui ouvrir la trachée, c'est impossible… Les tumeurs sont partout, ce serait faire… explique le médecin à Dean.

Ce dernier se passe la main dans ses boucles blondes, réfléchissant à une alternative.

Je m'avance :

— Directement dans les poumons ?

Le médecin me regarde d'un air étonné.

— Qui êtes-vous ?

— Les poumons ?

Mon insistance paye.

— Il ne lui en reste qu'un. Cela serait trop dangereux…

— Vous avez une canule de Guedel ?

Je m'avance vers la tête du patient qui convulse. Sa peau change de couleur.

— On n'a plus beaucoup de temps, souffle Dean.

— Le chariot arrive, mais… commence une des infirmières.

— Il sera déjà mort.

Ma voix est sans appel, ce qui provoque un cri de désespoir venant de la fillette.

— Sortez là.

L'une des infirmières répond tout de suite à ma demande en la traînant dehors.

— Une idée.

Les yeux bleus de Dean me scrutent en disant cela.

— Peut-être, vous avez une caméra ?

— Pour regarder sa gorge oui, mais cela ne va pas être…

Je tends la main lui coupant la parole, il me donne le petit tube.

— L'intubation n'a pas marché, m'apprend l'une des infirmières.

Mes doigts s'affairent sur le petit morceau électronique que j'arrache d'un coup.

Stupéfait, plus personne ne bouge, tandis que j'enfonce l'appareil inutilisable dans la bouche du patient.

— Tenez-le.

Dean se couche sur une partie du corps du patient, réduisant en grande partie les convulsions.

Mes doigts s'insèrent au fond de sa bouche. J'enfonce le mince câble petit à petit, tournoyant sur les côtés. Au bout d'un moment que je trouve suffisant, j'arrête.

— Couteau, scalpel…

Mes doigts claquent plusieurs fois pour faire comprendre l'urgence d'un tel objet.

Mon collègue blond me tend un petit couteau suisse. La partie tranchante suffit à couper le câble de la caméra relié à l'écran. Les fils électriques dépassent et je commence à les enlever.

— Il doit rester dans sa gorge le temps que j'enlève les fils électriques.

Dean comprend et ferme sa main sur le morceau du câble qui sort de la bouche du patient toujours inconscient.

Mes doigts rougissent sous la brûlure des câbles contre mes doigts.

Après un moment, j'arrive enfin à enlever la totalité des fils.

— Et... demande, suspicieux, le médecin derrière moi.

Dean reste silencieux, le visage penché au-dessus de la poitrine de l'homme.

Mes doigts tremblent déjà quand une voix tonitruante me fait sursauter.

— C'est quoi ce bordel ? hurle un homme d'une quarantaine d'années.

Il porte une blouse blanche et ses cheveux commencent à peine à blanchir.

Je l'observe sans dire un mot.

— Qui vient d'exploser ça ?

Son doigt se porte sur le reste de la caméra et des fils qui gisent sur la couverture du patient.

— Quelqu'un va me répondre, oui ? C'est inadmissible de...

La goutte d'eau explose. Des larmes roulent sur mes joues, tandis que je m'enfuis de la pièce.

Les nerfs lâchent face à cette journée catastrophique. Les pleurs de la petite fille et de la mère intensifient ma douleur.

Les portes de l'ascenseur s'ouvrent après une minute d'attente interminable. Je sens sur moi le regard du personnel soignant.

Une main ferme tente de me retenir par le bras. Je me débats et réussis à l'entraîner dans l'ascenseur juste avant que les portes ne se referment. Dean se tient devant moi, la blouse ouverte. D'un geste rapide, il appuie sur -2 et se retourne vers moi. Je l'assassine du regard.

— Lâche-moi, tu ne me connais pas, d'accord ? Je n'ai pas besoin qu'on me dise que je prends trop les choses à cœur. Je le sais déjà. Devenir médecin, c'est sauver des vies, peu importe de casser du matériel qui…

Il me plaque contre la paroi glacée de la cage d'ascenseur, ses mains sur mes épaules.

La force qu'il exerce sur mon corps m'empêche d'esquisser le moindre mouvement. J'arrête de hurler, soufflée par sa réaction.

— Calme-toi, me chuchote-t-il.

Son souffle sur ma peau me donne du mal à respirer correctement.

— Je ne peux pas…

Ma voix tremble comme tout le reste de mon corps.

Il se rapproche encore de moi, jusqu'à coller ses lèvres sur les miennes.

Je tente de le repousser, mais en vain.

Mon corps réagit à l'inverse de ma raison, se collant à lui.

Il s'éloigne, un sourire aux lèvres.

— Je crois qu'on va arrêter là, car tu as l'air calmée, mais pas pour longtemps, s'amuse-t-il en voyant mes jambes gigoter pour se rapprocher de lui.

Je serre les dents, honteuse et triste. Tuer quelqu'un, puis tromper James, bravo, Julia. Dix sur dix.

— Il n'est pas mort, m'annonce-t-il, comme s'il venait de lire dans mes pensées.

— C'est vrai… balbutié-je.

Dean s'éloigne un peu de moi et hoche la tête. Je me détends légèrement, heureuse de ne pas être une meurtrière dès mon premier jour.

— Il a commencé à respirer juste après que tu sois partie. Un peu précipitamment et de manière théâtrale je dois dire, mais…

Je pique un fard. L'ascenseur nous prévient que nous atteignons les sous-sols, qui correspondent aux parkings sous-terrain.

— On pourrait oublier tout ça ?

Ma question timide accompagne notre sortie de l'ascenseur.

— Ton arrivée ? Ton idée miraculeuse ? Ta destruction de matériel ? Notre baiser torride…

La fin de sa phrase est laissée en suspens.

La tension palpable entre nous n'arrange rien. Je m'éloigne de ce péché sur pied pour reprendre mes esprits.

— Ça va, déstresse. Ce n'était qu'un baiser et tu en avais autant envie que moi, très chère.

Une journée. J'ai tenu à peine une journée avec cet homme avant de flancher.

James mérite tellement mieux.

M'autoflageller ne sert à rien, mais je ne peux pas m'en empêcher.

— Tu veux venir chez moi ?

Son invitation me sort un hoquet.

— Je ne… Tu rêves ! Que les choses soient claires, tu as profité du fait que je ne sois pas bien pour m'embrasser et cela n'arrivera plus jamais.

Il rit, marchant à reculons et haussant les épaules nonchalamment.

— Je proposais ça comme ça.

— Et partir avant la fin de mon service le premier jour, tu es complè…

Il m'arrête en pleine phrase :

— Les autres sont rentrés depuis au moins deux heures, m'informe-t-il en regardant sa montre, Fin doit te détester pour te faire ça un premier jour, remarque-t-il, ce qui me plombe une nouvelle fois le moral.

Ce docteur a réellement un problème avec moi.

— Si tu veux avoir une visite de l'hôpital dans les jours qui arrivent, me lance-t-il, avant de monter dans une énorme voiture noire, ce sera avec plaisir.

Je lève les yeux au ciel et prends la sortie piétonne du parking.

# Chapitre 9

Je contemple, stupéfaite, le dos de James replié au-dessus de la cuisine. Sa voix chantonne l'air qui passe à la radio.

La petite enceinte lâche les paroles d'un chanteur canadien par douces vagues mélodieuses.

Ses fesses roulent de droite à gauche au rythme de la chanson. Seul le petit hachement qu'il produit avec le couteau brise cette harmonie.

— Émincez le…

Même de dos, je sais qu'il fronce les sourcils. Il lâche le couteau et se penche sur la tablette qui est collée au mur devant lui.

Ce mouvement tire un peu plus sur son jean.

Je m'avance discrètement pour venir me placer derrière lui. Au moment où mes mains touchent son corps, il hurle de stupeur.

— Arhhh

J'explose de rire en voyant sa tête décomposée, la main sur le cœur.

— J'ai failli faire un arrêt cardiaque, me souffle-t-il en tentant de calmer sa respiration.

— Tu as un médecin pour te réanimer maintenant.

Ma réponse lui donne tout de suite le sourire. James est si facile à vivre. Il se retourne vers moi, me laissant découvrir un délicieux repas qui semble cuire à feu doux.

— Tu cuisines maintenant?

— Pour ton premier jour uniquement, rigole-t-il en m'empoignant les joues de ses deux mains.

Ces dernières sont humides et collantes, je grimace.

— Tu n'aimes pas le jus de tomate ?

L'air taquin qui passe dans ses yeux me fait pousser un cri avant de tenter de m'enfuir, trop tard.

Il m'attrape le bras et colle sa main libre sur mes cheveux.

— C'est bio, raille-t-il en trempant sa main dans les restes de tomate dont il n'avait apparemment plus besoin.

— Non… non…

Ma petite voix fluette fait naître un sourire diabolique sur ses lèvres.

— Oh si…

Malgré mon mouvement de recul, sa main s'abat sur moi, projetant des dizaines de giclées de tomate.

— Besoin d'un rafraîchissement ?

Ses yeux passent du comptoir à mon décolleté humide.

Je ne comprends pas son intention, avant qu'il n'attrape une bouteille d'eau et ne m'asperge.

L'eau froide me fait frissonner.

— Tu vas me le payer !

Je brandis une bouteille d'eau en l'air, en signe de vengeance et je me rue sur lui qui tente de fuir mon assaut.

Comme deux enfants, nous courrons dans l'appartement dans cette bataille d'eau improvisée.

Je m'apprête à lui asséner le coup fatal, quand une sonnerie de téléphone nous immobilise.

— Non, s'il te plaît… chuchoté-je, comme si j'avais peur que le correspondant puisse nous entendre.

James penche la tête de côté, l'air pensif.

— Je vais bien devoir reprendre mes réunions tardives, mon cœur…

— Demain ?

Il se mord la lèvre inférieure en m'observant. Mon t-shirt humide colle à ma peau. Quelques auréoles rouges rappellent le début de notre bataille, avant d'être diluées d'eau.

James s'avance vers moi. Sa démarche tranquille annonce la fin de la bataille. Je baisse les armes que je pose au sol.

— Embrasse-moi, dit-il

Je m'exécute, heureuse d'avoir gagné la bataille pour ce soir. Il entoure ses bras autour de ma taille et me soulève.

— Une bonne douche et on mange, me souffle-t-il entre deux baisers.

J'acquiesce d'un hochement de la tête, plus que satisfaite.

*

Assise en face de lui, je déguste mon repas quand une question me vient.

— Qui connais-tu à l'hôpital ? Quelqu'un de l'administration ?

James relève les yeux vers moi, la bouche pleine. Je le regarde mâcher patiemment, prenant son temps.

Je lève les yeux au ciel, face à sa manière de faire durer le plaisir. Il me sourit avant d'avaler.

— Pourquoi tu veux savoir ?

Il découpe sa viande et je réponds du tac au tac pour qu'il puisse me répondre avant de prendre une nouvelle bouchée.

— Curiosité.

Ma réponse s'accompagne d'une moue dubitative de sa part.

— Il ne veut pas que tu le saches.

Mon bienfaiteur est donc un homme.

— Médecin ou administrateur ?

James me répond d'un clin d'œil, avant de mettre un énorme morceau de viande dans sa bouche.

— Chéri !

Mon exclamation le fait rire et il s'étouffe à moitié. Après plusieurs gorgées d'eau, il semble s'en être remis, tandis que je n'ai toujours pas touché au morceau de viande devant moi.

— Ce n'est pas bon ? s'enquit-il.

Je marmonne quelque chose qu'il ne peut comprendre et me remets à manger, mon esprit divaguant sur mon potentiel bienfaiteur.

L'idée que cela puisse être le docteur Fin ou Linkt me paraît improbable. Je n'en connais pas encore beaucoup plus. Trois femmes chirurgiennes m'ont croisé dans la matinée… Mais il vient de me dire que c'était un homme.

Je n'arrive pas à penser à autre chose, ce qui donne l'occasion à James de vérifier ses e-mails.

La soirée se termine dans un silence religieux.

# Chapitre 10

Les premières semaines sont à l'effigie de mon premier jour. L'homme d'une quarantaine d'années qui m'avait hurlé dessus après l'incident se trouve être le nouveau directeur de l'hôpital, ce qui n'aide en rien mon intégration. La plupart des internes de m'adressent pas la parole, ou quasiment. Sauf Lucas, le jeune ringard en retard du premier jour. Même s'il le fait discrètement, je vois bien qu'il tente de m'aider à survivre ici.

— Julia, tu as fait tomber un...

Lucas ne termine pas sa phrase, me tendant simplement un morceau de papier.

Je le remercie d'un sourire, avant de me faire bousculer par Andrew et toute la petite bande d'internes. Je grimace sans m'énerver, encore une fois.

Plusieurs infirmières débarquent avec un brancard. L'urgence est plus qu'identifiée quand je vois Dean, à cheval sur le patient en train de lui faire un massage cardiaque.

— Relwood, avec moi, hurle-t-il en relevant à peine la tête.

Ni une ni deux, je m'avance vers lui.

— Ascenseur, s'égosille-t-il.

Par réflexe, je mets le pied dans la porte d'ascenseur qui se ferme. *In extremis*, j'obtiens le sésame.

— Descendez.

J'ordonne ça sur un ton sec. Les deux femmes à l'intérieur ne cherchent pas à comprendre et obtempèrent.

Une infirmière pousse le brancard dans l'ascenseur.

— Appelle Fin !

Son ton est sans appel et je sais que c'est à moi qu'il le demande.

Je n'ai pas le temps de répondre que l'ascenseur monte.

Le bip accroché à ma ceinture me permet de prévenir le docteur Fin.

Mains en avant, je pousse la porte des escaliers et monte deux par deux les marches.

Mes yeux fixent les plaques sur les murs blancs.

2e étage. 3e étage. 4e étage.

Je pousse la porte et arrive comme une furie devant Fin et une partie du groupe d'internes.

— Il a besoin de…

Pas besoin d'en dire plus qu'il s'élance dans la cage d'escalier en hurlant :

— Timo, Kurl et Kedwood, avec moi.

Mon nom, une nouvelle fois écorché, me redonne un second souffle et je le suis avec les deux autres internes, montant quatre à quatre l'étage nous reliant au bloc.

— Situation ?

Les autres internes se retournent vers moi, alors qu'il ne reste que quelques marches. J'accélère le pas pour arriver à la hauteur de mon supérieur.

— Ouverture bilatérale au torse. Poumon perforé à droite…

Je réfléchis, essayant de visualiser à nouveau les quelques secondes de tout à l'heure.

— Quoi d'autre ? s'impatiente Fin en poussant la porte de l'étage.

— Couteau à l'arrière du crâne, peu enfoncé. Débris de verre, possibilité d'avoir des éclats à l'intérieur. Arrêt cardiaque et massage prolongé.

Mon rapport arrête le médecin dans sa course.

— Un macchabée en somme. Pourquoi ils ont besoin d'un neuro ?

Ne sachant pas quoi répondre, je m'avance dans le couloir. L'ambiance est beaucoup plus calme ici. Le silence régnant entre chaque salle d'opération me glace le sang.

— Ici !

C'est Nina qui crie en voyant par le hublot une salle d'opération à notre droite.

Sans chercher à en savoir plus, Fin entre dans le sas de préparation. Les deux autres internes semblent hésiter, tandis que je m'y glisse aussi.

— C'est quoi ce bordel ? hurle le neurochirurgien.

Son expression est fermée. Je perçois de la colère et autre chose de moins évident, est-ce de la peur ?

Mécaniquement, je me lave les mains et les avant-bras de la même manière que lui, avant d'enfiler les protections plastiques.

— Tu peux me le dire ? continue-t-il en entrant, moi sur ses talons, dans la salle d'opération.

Le beau blond est toujours sur son patient. Il n'a plus l'air de faire un massage cardiaque et un coup d'œil en direction des monitorings m'apprend que son cœur bat à nouveau.

Fin jette un œil à la blessure de la victime. D'où je suis, j'aperçois son visage entre deux morceaux de verre. Un bel homme sans doute, une petite trentaine d'années. En m'approchant de quelques pas, je constate qu'il était d'une corpulence sportive et d'une taille assez imposante.

— Il est mort ton gars.

Le peu de tact de mon supérieur fait tressaillir tout le monde, sauf Dean.

Lui relève la tête vers lui. Un regard effrayant casse la beauté de ses iris bleus.

— Sauve-le, tranche-t-il.

Sa voix est menaçante.

Même mon cynique professeur recule d'un pas, intimidé.

— Qui est-ce ?

J'entends à peine ma propre voix sortir de ma bouche. Mon beau médecin redresse sa tête vers moi, une moue de dégoût sur le visage.

— Quelle importance ? crache-t-il, on ne soigne pas tout le monde, c'est ça ?

Je recule sous la violence qu'il dégage.

— Elle a raison, Dean, qui est-ce ? insiste Fin en s'avançant vers lui.

Ce dernier reporte son attention sur les constantes du patient.

— Il n'a plus beaucoup de temps. C'est son huitième arrêt.

Je me fige en entendant le nombre d'arrêts cardiaques du patient. Depuis combien de temps est-il sur lui à le réanimer.

— Effectivement. Et son cœur ne tiendra jamais une opération du cerveau, son cœur ne doit pas non plus…

Il se tait sachant pertinemment que le chirurgien cardiaque Linkt connaît déjà l'état de ce patient.

— C'est irresponsable de… reprend-il avant de se faire une nouvelle fois couper la parole.

— Vas-y, hurle le cardiologue, hors de lui.

Fin pivote vers moi.

— Venez ici.

Je m'exécute. Il se penche vers moi avant de chuchoter :

— Ce que je vais faire n'est pas à crier sur les toits. Une fois K.O, vous l'emmenez dans une chambre de repos et vous l'enfermez. Pas un mot de ça aux autres, est-ce clair ?

Sans comprendre, je hoche la tête.

Une fraction de seconde après, hébétée, je le vois se jeter contre le visage de Dean, lui assénant une droite monumentale.

Pris au dépourvu, ce dernier n'a pas le temps de l'esquiver et il chute du brancard lourdement.

Il ne m'en faut pas plus pour réagir. Je m'avance alors qu'il tente déjà de se relever. Une de mes mains l'attrape sous le bras droit, tandis que l'autre pose son bras gauche sur mes épaules. Encore un peu sonné, j'en profite pour le sortir du bloc. Les deux internes nous regardent passer au loin, surpris. Je continue de marcher côté opposé, m'éloignant d'eux. Un des ascenseurs se referme quand nous arrivons, je jure et appuie plusieurs fois sur le bouton d'appel. Après quelques secondes, un bruit annonce ma délivrance.

Enfin dans la cage d'ascenseur, j'observe les numéros. Je ne connais pas encore très bien les étages et quelle pièce de repos pourrait encore être libre. J'opte donc pour le toit.

Après plusieurs minutes, je me retrouve assise, seule avec un homme taciturne à moitié évanoui, sous le faible soleil californien.

— Vous n'aviez pas plus confortable, grogne-t-il en reprenant complètement ses esprits.

Je hausse les épaules, cherchant à comprendre ce qui vient de se passer. L'image de cet homme sur le brancard me hante.

Machinalement, je me frotte l'épaule endolorie à cause du poids qu'elle vient de soutenir. À côté de moi, il se relève en se frottant le visage à l'endroit où les phalanges de Fin se sont défoulées.

— Je suis désolé, murmure-t-il en regardant la ville s'enfoncer dans la fin de journée.

Je ne sais pas quoi lui dire. Les dernières semaines ont été dures. Ses mèches blondes se collent à son front, tandis qu'il pivote vers moi.

— Que se passe-t-il ?

— J'ai du mal avec… Les autres.

J'accompagne ma réponse d'un large mouvement pour englober le monde. Il rit.

— Avec tous les autres ? Vous vous débrouillez bien pourtant. Fin frappe un de ses collègues en salle d'opération et vous choisit pour effacer les traces… Il a confiance en vous, c'est certain.

Je garde le silence, observant le soleil décliner rapidement à l'horizon.

— Pourquoi avoir fait ça ?

Il s'arrête de rire.

— Et vous, pourquoi m'avoir aidé ?

Je baisse les yeux au sol, dessinant sur la poussière du béton un cercle.

— Je vous aime bien.

Mes joues ne rougissent pas cette fois-ci. La situation n'a rien de gênant. Aucune tension n'émane ni de lui ni de moi. Juste de la lassitude de faire comme s'il n'y avait rien.

— Alors on peut se tutoyer ? me demande-t-il, un sourire enfantin sur le visage.

— Quand nous sommes seuls, oui.

Il semble de plus en plus joyeux.

— Nous allons être souvent seuls ?

Je lève les yeux au ciel voyant où il veut en venir. Je pousse son épaule d'une main pour le rabrouer et il fait semblant d'en ressentir une douleur.

Le soleil finit par se coucher, nous laissant spectateurs d'une ville aux mille lumières.

Le silence que nous partageons me réconforte.

— C'était un gars de mon quartier… Un type bien, qui se battait pour réussir dans la vie. Jeune papa. Sa femme a eu des problèmes de santé, alors il a commencé à prendre un deuxième travail… Je venais l'aider parfois, lui faire une consultation gratuite, apporter des médicaments, mais il ne voulait pas de ma charité.

Je ne réponds pas, l'écoutant d'une oreille attentive. L'heure défile tandis qu'il me raconte à quel point perdre un patient est dur et bien plus lorsqu'il ne nous est pas inconnu.

Sa reconnaissance envers l'acte violent du docteur Fin m'étonne aussi.

— Je vais devoir y aller…

Il se retourne vers moi quand je me relève.

— Merci, Julia. Vraiment.

Je hoche la tête sans un mot.

Mes yeux vérifient l'heure et je soupire en prenant conscience que je vais être considérablement en retard.

Mon trajet de retour se passe dans une ambiance morose. Perdre un patient n'est jamais drôle, mais voir Dean aussi touché… J'en frissonne. Comment moi vais-je vivre le décès de mes patients ?

Je me pose encore la question quand je pousse la porte de l'entrée. L'odeur de pizza qui chatouille mon nez m'apprend que James a dû se faire livrer il y a peu. Je ne suis pas trop en retard donc.

J'ôte mes chaussures et m'apprête à l'appeler, quand le gloussement d'une femme me paralyse. Le souffle court, je m'avance dans la pièce. Un bruit de conversation et de verres qui tintent me parvient d'en haut.

— Vraiment… s'étonne une voix féminine.

Elle s'accompagne d'un rire des plus niais.

Les images de James avec une autre femme arrivent dans mon esprit et me paralysent au milieu de l'escalier. Aurais-je le droit de faire une scène après mon baiser de… Bien sûr. Un baiser n'est pas un acte de tromperie à proprement parler, tandis que…

Avant d'imaginer le pire, je respire profondément.

— James j'ai…

Je commence ma phrase en faisant irruption à l'étage. James est assis sur le lit, un verre de rouge à la main en face d'Émilie, elle aussi un verre à pied offert par ma mère dans sa délicate et vicieuse petite main.

La cravate de mon fiancé gît à ses pieds et sa veste est posée de manière succincte sur la chaise de bureau.

Les escarpins rouges de madame sont à quelques centimètres d'elle. Elle croise les jambes et les décroise subtilement, faisant entrapercevoir son intimité grâce à la petite robe noire qu'elle porte.

Le teint déjà rougi par l'alcool, James se relève, gêné.

Je me pince les lèvres pour ne pas pleurer. Je regrette de n'être pas restée à flirter avec Dean sur ce toit. Au lieu de ça, je me suis précipitée pour rejoindre mon futur mari qui déguste un verre de vin rouge dans notre chambre avec une allumeuse. Je sens ma patience s'amenuiser.

Un coup d'œil à la bouteille couchée sur mon tapis et je comprends qu'ils ne sont pas à leur premier verre. Qu'auraient-ils fait si je n'étais pas arrivée ?

Mes jambes tremblent et je décide de sortir avant de m'écrouler ou de les agresser.

L'escalier étant trop dangereux dans mon état fébrile, je me dirige vers la salle de bain au même étage. Je m'y enferme avant de tomber au sol, les larmes ravageant mes joues.

— Julia...

La voix de James n'est pas assurée. Est-ce l'alcool ou la culpabilité ? J'ai bien senti son malaise quand je suis arrivée. Avait-il envie de faire autre chose avec elle ? Puis-je le blâmer moi qui rêve souvent de ce beau médecin blond ?

Mes sanglots redoublent en comprenant que je mérite ce qui m'arrive.

— Arrête de pleurer, s'il te plaît...

Il est suppliant maintenant.

— Je vais y aller ! On se voit vite.

Décidément, Émilie n'abandonne pas son objectif, elle en rajoute. James marmonne une réponse que je n'entends pas.

— Ouvre-moi...

J'hésite avant d'abaisser le loquet.

Il actionne la poignée, mais ne peut pas passer à cause de mon corps contre la porte.

— Je peux entrer ?

Je fais un signe non de la tête, avant de réaliser qu'il ne me voit pas.

— Je veux être seule.

On dirait la voix d'une enfant capricieuse et boudeuse ce qui augmente mes pleurs. Je suis pathétique.

La main de James arrive à m'atteindre et je me décale de la porte pour le laisser entrer.

Il me prend immédiatement dans ses bras et je n'ai pas la force de le repousser. Sa voix se mélange à mes sanglots.

— Chut mon cœur… Chut…

Je ne cherche pas encore d'explications. Pleurer m'aide… La culpabilité, les doutes et la fatigue se déversent sur mes joues.

Après un moment, James me porte dans ses bras pour m'amener dans notre lit. L'image d'Émilie assise sur celui-ci me répugne, mais je suis trop épuisée pour dire quoi que ce soit. Au moment où ma tête touche l'oreiller, je tombe dans un sommeil sans rêve.

Plus tard, la voix tendue de James me réveille.

— Non, Emy, c'était idiot de te faire monter là-haut. Je sais très bien à quoi tu joues. J'aime Julia.

Je souris bêtement, trop épuisée pour entendre le reste de sa conversation. Je retombe dans un sommeil, cette fois-ci, rempli de rêves.

# Chapitre 11

Au réveil, j'ai presque oublié le petit incident de la veille.

Mes yeux s'ouvrent seulement à dix heures. Une vague de panique me submerge avant de me souvenir que c'est mon jour de repos.

Je m'étire dans le lit, heureuse de rattraper enfin mon sommeil.

En me levant, je remarque un post-it sur l'écran d'ordinateur.

*Je suis tellement désolé... Je ne sais pas ce qui m'a pris. Ta mère a appelé hier soir. Je t'aime.*

Je décolle le petit papier et le fixe un instant. Des excuses comme ça, c'est un peu mince, mais ma propre culpabilité m'oblige à les accepter sans rechigner.

Sans attendre une minute de plus, je lance une visioconférence avec ma mère depuis mon téléphone portable, calculant que chez elle, l'après-midi est déjà entamée.

— Ju', qu'est-ce que tu faisais hier soir ? James avait l'air inquiet en me répondant.

Je ne peux m'empêcher d'être étonnée. Inquiet ? Malgré sa bonne compagnie ?

— Maman, je suis interne, je compte pas vraiment mes heures.

Inutile de lui dire que j'étais en charmante compagnie sur le toit de l'hôpital à observer le coucher de soleil.

— Bon alors, le mariage ! Tu en es où ?

Je lève les yeux au ciel ce qui agace ma mère.

— Maman, il y a le temps encore !

— Le temps, le temps… C'est un peu surfait ça…

Et voilà, être la fille unique d'une femme obsédée par les mariages de princesse.

— La salle est réservée, le traiteur… en cours et…

— Tu n'as pas de traiteur, s'affole-t-elle

Je secoue la tête négativement en faisant attention de ne pas tomber dans les escaliers.

— Je rêve ou je suis la seule à m'occuper de ce mariage !

Je hausse les épaules. Il est évident qu'elle se préoccupe bien plus des détails que James et moi.

Ce dernier n'a même pas vu la salle et la chapelle. Pour lui, cela importe peu, dit-il. Je m'en accommode et, pour être honnête, l'internat m'accapare l'esprit plus que ce mariage. C'est vrai qu'à notre arrivée à L.A., j'y pensais beaucoup, je me sentais hyper enthousiaste pour lancer les festivités, mais James a été aussitôt accaparé par son job et nous avons décidé de remettre cela à plus tard.

— Et tous les deux, ça va ?

Ma mère a changé de ton. Pendant une fraction de seconde, j'hésite à lui avouer pour mon baiser avec Dean, la scène avec Émilie… mais je me retiens. Quoi qu'elle puisse me conseiller, celui qui aura raison à ses yeux est mon beau et parfait fiancé. Et puis, avouer pour Dean reviendrait à vraiment tromper James et cette idée me rend malade.

— Mais oui, maman, on est simplement très occupés, tu sais…

Le visage de ma mère se crispe.

— Vous n'allez pas encore repousser…

Je ris en me servant une tasse de café.

— Mais non. La date est arrêtée, James a déjà posé ses jours et moi aussi. Dans quelques mois, je serai sa femme.

Je lui adresse un clin d'œil. Ma réponse semble la rassurer.

— Les fleurs ? Les demoiselles d'honneur ? Les...

Je grimace en prenant conscience que je n'ai pas de demoiselle d'honneur ni de témoin. L'idée de prendre la sœur de James comme témoin n'est pas originale, mais elle est loin d'être ma pire solution.

— Combien as-tu de demoiselles d'honneur ?

Je hausse les épaules, n'ayant pas encore réfléchi à ça.

— Amber, Tracy et ton amie là... Tara !

— Oui, très bonne idée.

Ma mère s'exclame de joie :

— Tu vois, c'est facile ! Hâte de venir te voir en janvier pour les essayages.

Je manque de cracher la totalité de mon café.

— Tu viens ici ?

Ma voix siffle, incapable de contenir ma joie.

— Oui, Richard va mieux. Je peux donc venir...

— Quand ?

Mon excitation prend le pas sur mes bonnes manières. Elle me sourit avant de me répondre :

— Le 12 janvier. Pour quatre jours.

Je saute dans tous les sens, heureuse d'apprendre que ma mère vient enfin ici, à L.A., même si c'est pour un court séjour.

— Et vous allez à Noël chez les parents de James, bien sûr ?

— Oui, c'est une tradition.

Il ne m'a pas dit le contraire, je suppose donc que ce sera comme d'habitude.

— Bon, je dois te laisser, ma chérie, mais tu veux bien trouver un traiteur et un fleuriste avant que j'arrive ? Qu'on puisse au moins goûter des échantillons pour avoir une idée ! Bisous, tu embrasses James pour moi.

Je n'ai pas le temps de répondre qu'elle coupe déjà. Je soupire, épuisée à l'idée de m'occuper de fleuriste et traiteur mon seul jour de repos depuis des lustres.

# Chapitre 12

Le retour à l'hôpital après une journée à organiser le mariage est difficile. De plus, le docteur Fin a décidé de me donner les urgences aujourd'hui, tandis que les autres internes assistent à une opération.

De mauvaise humeur, je pousse un chariot plein de restes de plâtre, quand je vois la silhouette anguleuse du docteur Fin. Pendant un instant, je pense à faire demi-tour, mais mon oreille intercepte sa conversation.

— Tu n'imagines pas… Je tente de la dégoûter pourtant, mais…

Il hausse les épaules pour montrer son impuissance.

— Une vraie petite peste dans mon ser…

Je donne un coup de chariot dans le docteur Fin ce qui l'arrête dans sa phrase. Mes yeux lui lancent des éclairs ce qui ne semble pas l'atteindre.

— Quand on parle du loup… marmonne-t-il, un sourire sadique sur le visage.

Le docteur en face de lui se penche pour m'apercevoir. Les yeux bleus rieurs de Dean me dévisagent.

— Quelle douce surprise de vous revoir aujourd'hui, lance-t-il.

Son ton charmeur devant quelqu'un d'autre me sort de ma léthargie et je me rebiffe.

— Je travaille ici, il n'y a rien de surprenant à se croiser.

Mon ton froid et sec lui retire son sourire.

Il hausse un sourcil et observe l'expression vicieuse de son collègue.

— Vous n'avez pas déjà couché ensemble au moins ?
demande, horrifié, le cardiologue.

Son exclamation, peu discrète, me laisse bouche bée.

— Tu plaisantes, j'espère, répond le docteur Fin,
dédaigneux.

Sa manière de me considérer comme une pauvre fille
me sort de mes gonds.

— Regardez-vous avant de juger les autres. Avec vos
airs suffisants et vos blagues débiles. Et arrêtez de baver
dès qu'une femme passe devant vous.

Ma deuxième remarque vise Dean.

Je m'éloigne d'un pas décidé, avec mon chariot,
persuadée, après cette altercation, de vivre ici mon dernier
jour d'internat.

— Un plaisir de parler avec vous, lance ironiquement
le beau gosse, tandis que j'entre dans l'ascenseur, les mains
tremblantes.

Harold, l'infirmier que m'a présenté Dean, déjà présent
à l'intérieur, reste silencieux en voyant mes membres
s'agiter et mon visage blême.

— Désolée...

Je me sens obligée de m'excuser d'un tel manque de
professionnalisme.

— Vous n'avez pas à le faire. Les gardes prolongées,
le sadisme de Fin, les regards et remarques déplacés de
Linkt... Être une femme n'est jamais simple dans un
hôpital, me répond-il, un sourire aux lèvres.

J'acquiesce, sans savoir quoi dire.

— Vous n'allez pas perdre votre poste pour autant.
Le docteur Fin est un grand neurologue, mais en ce qui
concerne le tutorat, il est l'exemple type à ne pas suivre. Il

veut vous dégoûter pour avoir le minimum de personnes à former dans sa spécialité pour les prochaines années.

Je ne peux m'empêcher de demander :

— Et le docteur Linkt ?

Harold sourit en répondant.

— Brave garçon. Don Juan depuis quelques années… Excellent chirurgien, la cardiologie n'est pas une spécialité évidente. Célibataire, bien entendu, et lourd, faites attention à vous.

— Oh non, je…

J'accompagne ma voix d'un signe de la main, avant de me souvenir que j'enlève chaque matin ma bague de fiançailles aux vestiaires.

— Je suis fiancée.

— Félicitations ! Comment se nomme l'heureux élu ?

L'entrain de l'infirmier est réel et je réponds avec la même chaleur dans la voix.

— James, il est avocat à Los Angeles.

— Hum les avocats… Il y en a autant de bons que de mauvais dans ce milieu, dit-il en m'adressant un clin d'œil.

Je ne sais pas vraiment comment prendre cette dernière réflexion.

— Ce fut un plaisir, mademoiselle, si vous avez besoin de moi un jour, je suis là.

Il baisse la tête pour me dire au revoir et s'éclipse dans le brouhaha du couloir. J'appuie une nouvelle fois sur le -1 et rumine cette conversation.

— Don Juan depuis quelques années…

Je répète tout haut pour être sûre d'avoir bien compris. Qu'avait-il eu pour changer comme ça ? Dans ce bloc, il avait paru tellement désemparé et bouleversé. Et sur le toit, son air charmeur et confiant avait disparu…

# Chapitre 13

Première journée où je rentre plus tôt. James vient d'arriver et je finis de me préparer. La robe fluide que je porte est transparente par endroit. Trop osée pour la porter en public, je pense faire plaisir à mon fiancé qui travaille de plus en plus tard depuis notre accrochage.

Le tissu léger me plaît et je tourne plusieurs fois sur moi-même pour voir mon allure.

Les sous-vêtements en dentelles noirs apparaissent par touche. Je rougis en me rendant compte à quel point porter ce genre de tenue en soirée doit être suggestif.

J'attrape mes petits talons noirs et termine mon maquillage d'une petite touche de rouge à lèvres pourpre.

Satisfaite du résultat, je m'apprête à descendre quand la voix de James me presse.

— Chérie, on a un invité.

Je descends les marches de l'escalier une à une, en faisant attention de ne pas tomber avec mes talons, quand mes yeux se posent sur Dean, vêtu d'un smoking. Mes pieds glissent sur les dernières marches, manquant de peu de m'écraser au sol.

Aussi surprise par sa présence que par la beauté à couper le souffle de cet homme, devenu mon pire cauchemar depuis quelque temps et aussi le sujet de mes rêves les plus torrides.

Le visage paisible de James me laisse perplexe, il semble le connaître.

Malgré mes efforts, mes yeux reviennent sur Dean.

Il m'observe en se mordant la lèvre inférieure. Sans le vouloir, mon estomac se contracte et je rougis. Ma tenue un peu légère me met mal à l'aise. Les yeux de ce dernier courent le long de ma peau découverte à de nombreux endroits.

— Je vais me changer…

Ma petite voix fait rire James qui me retient par le bras.

— Mais non, Dean est un ami d'enfance, tu peux rester comme ça.

James m'enlace amoureusement devant les yeux de notre invité surprise.

— Un ami d'enfance ?

Je suis à la limite de l'hystérie.

— Oui… Tu voulais rencontrer des amis à moi, non ?

Mes yeux s'écarquillent, passant de l'un à l'autre. Cette conversation datait de plusieurs mois, quand je préparais la liste des invités et que je remarquais que James n'en avait quasiment aucun. Jamais je n'aurais pu penser qu'il en faisait partie.

Cette situation est on ne peut plus inconfortable. La nausée que la culpabilité fait naître régulièrement en moi me prend aux tripes.

Par réflexe, je mets ma main devant la bouche.

— Ça va ? s'inquiète James, sous le regard intrigué de Dean.

Incapable de parler, je me dirige d'un pas rapide vers les toilettes. Mon déjeuner y passe, tandis que j'entends quelqu'un arriver derrière moi.

— Excuse-moi, je…

La main réconfortante qui se pose sur mon épaule n'est pas celle de mon futur mari. Je fais un pas en arrière me cognant la tête dans le meuble d'à côté.

— Aïe…

Mon petit cri plaintif est rejoint par un petit rire.

— Je te fais vraiment beaucoup d'effet, dis donc.

Je fulmine, pourquoi est-il là à me regarder vomir et où est James ?

— Qu'est-ce que tu fais là ?

— Je suis médecin, je te rappelle, ton fiancé trouvait cela plus logique que ce soit moi qui vienne t'aider. Il a toujours été comme ça, naïf…

Je grogne à son sous-entendu. Une autre salve de vomi m'oblige à plonger une nouvelle fois la tête dans la cuvette. Je n'entends pas Dean fouiller dans les placards au-dessus de nous.

En relevant légèrement la tête, je vois qu'il me tend l'une des serviettes que ma mère m'a offertes en cadeau. Je la refuse montrant une autre serviette beaucoup moins jolie dans un coin de la pièce. Il s'exécute sans un mot.

Après plusieurs passages d'eau froide sur mon visage et le contact rassurant de la serviette, je me sens enfin prête à me relever.

— Pourquoi es-tu venu chez nous ?

Je m'étonne d'entendre une note de menace dans ma voix.

— J'ai seulement répondu gentiment à l'invitation d'un ami et de sa future femme.

Sa réponse ne me satisfait pas, mais je n'ai pas l'intention de rester trop longtemps seule dans des toilettes avec lui. Je lui montre d'un signe de tête la sortie et il ne rechigne pas.

Quand nous sortons, James s'active à payer un homme à la porte, lui laissant un généreux pourboire.

— Madame, Messieurs, déclare le livreur d'un signe de tête respectueux, avant de fermer la porte d'entrée.

Je m'approche des paquets que mon fiancé porte.

— Qu'est-ce ?

Il relève la tête vers moi, content de lui :

— Traiteur ! Je voulais que votre rencontre se passe bien et quoi de mieux que de déguster un bon repas en faisant connaissance ?

Derrière moi, Dean lâche un petit rire. Mon sang ne fait qu'un tour, mais je me retiens de lui rentrer dedans.

James s'éloigne pour déposer ce qui semble pour lui être un trésor.

En pivotant, je me retrouve bloquée par les muscles de mon invité inopportun.

— Naïf, c'est bien ce que je disais.

Je grince des dents, avant de faire demi-tour.

Le repas se passe étonnamment bien, sans accro. Dean joue l'ami d'enfance parfait qui s'inquiète des préparatifs du mariage et qui donne ses conseils sur les quartiers où investir pour notre vie future. J'apprends qu'ils se sont connus au collège. Le père de mon fiancé jouait au golf avec son père à lui. Pendant ce temps et sans équivoque, celui-ci ne cesse de me faire du pied depuis le début du repas.

Mes soupirs d'exaspération semblent passer inaperçus des deux côtés.

Ils se sont perdus de vue après le lycée. Ils n'ont pas été très loquaces sur ce qui les a poussés à ne plus se parler pendant presque dix ans, mais ils semblent tous les deux heureux de se retrouver. Pour James, j'y crois. Concernant l'autre, j'émets encore des doutes. Son petit jeu de séduction avec moi ressemble plus à une vengeance enfantine qu'à un comportement d'ami sincère.

La sonnerie du téléphone de James retentit quand nous finissons nos plats de résistance.

— Excusez-moi… Tu sors le dessert, chérie ?

Je hoche la tête en regroupant les plats pour débarrasser. La main de Dean s'attarde sur la mienne que je retire immédiatement en le fusillant du regard. Pour seule réponse, il me renvoie l'un de ses plus beaux sourires, que je regrette d'avoir vu.

D'un pas décidé, je m'éloigne du salon, suivie de près par mon invité un peu collant.

— À quoi tu joues ?

Je lance ça un peu trop fort et je me mords les lèvres en vérifiant que James n'a rien entendu.

Il lève innocemment les mains pour montrer les plats sales qu'il pose dans l'évier. Je lève les yeux au ciel, dépitée, perdant le peu de calme accumulé pendant le repas.

— Tu savais qui j'étais ?

Je fulmine face à un Dean très détendu. Impossible pourtant de lever la voix avec James juste à côté de nous.

— Bien sûr. Comment veux-tu que je recommande quelqu'un sans me renseigner avant sur cette personne ? Tu as d'autres questions ? raille-t-il en avançant vers moi, m'obligeant à reculer jusqu'au comptoir de la cuisine.

Mes mains tremblent, tandis qu'un filet de sueur coule dans mon dos. Le stress qui monte augmente mon rythme cardiaque.

— James sait ?

Ce qui sort de ma bouche n'est qu'un son quasi inaudible.

— Savoir quoi ? demande-t-il en baissant le son de la même manière que moi.

— Ne joue pas à ça avec moi…

— Jouer avec toi ? L'idée me plaît… souffle-t-il, les yeux brillants.

Je jette des regards vers le salon. De fines cloisons disparates empêchent James de nous voir d'où il est assis, mais pas de nous entendre.

— Il sait ?

— Que tu embrasses son ami d'enfance dans un ascenseur ou que tu rêves de recommencer ?

— Je… Pas du tout. Ne prends pas tes rêves pour des réalités, d'accord ? Je ne fantasme pas sur toi.

Mon balbutiement ridicule fait naître un sourire plus que charmant sur le visage de mon interlocuteur.

— Vraiment ? s'amuse-t-il.

— Oui.

Mon ton est convaincant, même pour moi, et je m'en félicite intérieurement.

— Super alors, déclare-t-il en se reculant.

Sa posture a changé. Je viens de le blesser, mais je n'ai pas le temps de culpabiliser. Il a joué avec moi, sachant pertinemment que j'avais James dans ma vie. Et qu'il est son ami. Quel genre d'ami peut faire ça impunément. Et quel genre de fiancée, pensé-je en même temps…

— Super.

Ma mâchoire est aussi contractée que la sienne en disant ça. Mes doigts arrachent le plastique du traiteur sur l'immense plat de dessert. Je sens son regard sur moi, mais j'en fais abstraction.

Mes gestes sont méticuleux. J'enlève la moindre parcelle de film plastique pour en faire une boule ronde.

Dean avance sa main vers la mienne quand des bruits de pas nous immobilisent.

James arrive en chantonnant Sinatra, qui passe en fond sonore dans le salon.

Il s'appuie contre une des chaises du bar.

— Ça va, vous deux ? Vous vous entendez bien ? Je sais que c'est bizarre de travailler au même endroit, mais Dean ne t'embêtera pas promis. N'est-ce pas, mec ?

James est si confiant que j'en ai la nausée. Je ne réagis pas, soulevant par saccade ma petite boule de film plastique. Un léger sourire de ma part répond à l'entrain de mon fiancé.

— Et puis, tu lui dois ta place à l'hôpital !

Mon sourire s'efface devant celui suffisant de Dean. James s'avance entre nous sans remarquer la tension et attrape le plat à dessert.

— Oui, tu as une dette envers moi… lâche-t-il, tandis que mon fiancé est encore collé à nous.

Je déglutis, terrifiée de ce qu'il pourrait dire à mon futur mari. Mais il ne rajoute rien, plantant ses prunelles bleues dans les miennes.

James rit en retournant dans le salon, portant les desserts dans ses mains.

— Et j'ai bien une idée de comment tu pourrais…

Je ne le laisse pas finir, empoignant le coulis de fraises dans une main, un couteau dans l'autre.

— Je vais adorer te voir tous les jours… et cette robe, continue Dean, alors que je quitte la pièce pour rejoindre mon fiancé.

L'idée qu'il reluque mes fesses, alors que je sors rejoindre l'homme avec qui je partage ma vie me met mal à l'aise.

Par bonheur, James nous annonce qu'il doit se lever tôt le lendemain matin, ce qui écourte le dessert. Après avoir raccompagné son ami d'enfance à la porte, dans de grands éclats de rire, il me prend la main pour monter dans notre chambre.

Légèrement furieuse, je me venge sur mon visage en lui faisant tout un tas de soins décapants, pendant que James s'installe dans le lit, l'ordinateur sur les genoux. En venant le rejoindre, j'attrape un livre acheté récemment dans le kiosque de l'hôpital. Une histoire de meurtre sanglant, pas d'amour, pas de pseudo médecin sexy. Du sang et des larmes.

Je plonge dans le chapitre où l'une des victimes se retrouve enfin libre à l'extérieur de la maison du psychopathe, quand James m'interrompt en posant une main sur mes jambes :

— Alors, Dean, tu le trouves comment ?

J'écarquille les yeux, ne sachant quoi répondre et dans quel sens cette question est posée. Mon livre échoue sur mes jambes, perdant ma page par la même occasion.

— Je veux dire, il est sympa, non ?

Soulagée de la tournure de la conversation, j'acquiesce d'un mouvement de tête, attrapant la bouteille d'eau sur le coin de ma table de chevet. Mes lèvres se portent au goulot, quand il ajoute :

— Je pensais lui demander d'être mon témoin.

Le peu d'eau que ma bouche gardait sort instantanément pour s'étaler contre nos draps propres et sur les deux pages ouvertes de mon livre, que j'essuie immédiatement et pose par terre.

— Quoi ? Non…

Mes mains tremblent. Je repose la bouteille pour que cela ne soit pas trop flagrant et me retourne vers mon fiancé, les sourcils froncés.

— Pourquoi ? demande-t-il, atterré, tu viens de me dire qu'il est sympa.

J'inspire pour trouver quoi lui dire. Je tente de jouer sur la carte professionnelle.

— C'est mon supérieur… Tu dis toujours qu'on ne doit pas mélanger les affaires et la vie privée.

James rit, avant de se redresser pour se rapprocher de mon visage. Son souffle chaud ne me fait aucun effet, je reste paralysée à l'idée d'avoir Dean devant moi le jour de mon mariage.

— Dean est mon ami depuis toujours… Et puis, ce n'est pas vraiment ton…

— C'est mon professeur !

J'insiste sur ce point. Il pose ses mains sur mes poignets, dessinant de petits cercles. Ma respiration se calme en observant ses mouvements de relaxation.

— On en reparlera, d'accord ? me souffle-t-il en posant un baiser chaste sur mes lèvres.

J'acquiesce en m'allongeant. Instinctivement, je me retourne sur le côté à l'opposé de James, à la recherche d'une issue de secours à cette situation.

# Chapitre 14

Les semaines ont défilé à une vitesse folle. Entre l'internat, les gardes de 48 heures, les cours à réviser, ma relation avec James et la préparation du mariage, mes grasses matinées ne sont que de lointains et vagues souvenirs.

Mon fiancé n'a pas changé d'avis concernant son témoin et j'angoisse à l'idée de voir le sourire suffisant de Dean m'annoncer qu'il sera le premier homme témoin de notre mariage, à quelques mètres de moi pendant nos échanges de vœux.

En parlant de lui, il se fait plus rare ces derniers temps. Même si honnêtement j'essaie de choisir tous les services sauf la cardiologie pour ne pas me retrouver en contact avec lui. Parfois, je le croise dans un couloir, mais ni lui ni moi ne nous adressons un vrai regard. Quand je l'aperçois dans un ascenseur, j'attends le prochain et je le soupçonne d'avoir également recours à cette technique de l'évitement. Ce compromis m'apaise et les semaines de travail passent rapidement et sereinement.

Il ne me reste plus que deux heures avant de terminer ma journée, quand la voix d'Harold me tire de ma rêverie au beau milieu d'un classement de dossiers inintéressants.

— J'ai besoin de toi…

Il chuchote et cela m'étonne. Harold n'a pas une très bonne ouïe et il a plutôt tendance à hurler que modérer sa voix.

— Que se passe-t-il ?

Il me fait signe de le suivre. Son pas pressé me persuade que c'est important.

— Vos dossiers sont finis ? m'interrompt le docteur Fin en passant près de moi sans prendre la peine de s'arrêter pour parler.

Je tourne la tête vers lui, en continuant de marcher à l'opposé.

— Oui, c'est fait.

Je ne reçois pas de félicitations, comme je m'y attendais et il disparaît. Soulagée, je reporte mon attention sur la chambre où vient de disparaître Harold.

Je n'y suis jamais entrée.

Un homme est allongé sur un lit, le teint cireux.

— Qui est-ce ?

À l'opposé de Dean qui n'apprécie pas ce genre de question, Harold me répond d'une voix douce.

— Eliot. Eliot Rechenko.

Je m'approche de lui pour observer son visage. Il peine à respirer et les battements de son cœur sont irréguliers.

— Il est arrivé ici depuis un moment. Il enchaîne les virus… Il a survécu à la guerre du Vietnam, tu sais !

La voix admirative de mon ami me touche.

— Tu le connais ?

— Le connaître… Oh que oui… Eliot a été… est l'amour de ma vie.

Étonnée, je passe du patient à mon ami. Le toussotement de ce dernier me fait grimacer.

— Tu as parcouru son dossier alors ?

Harold hoche la tête en se rapprochant de moi.

— Il n'a plus qu'un poumon. Et bien fatigué…

De la peine pointe dans sa voix et cela me serre le cœur. Je pose ma main sur la sienne pour le réconforter maladroitement.

— Que puis-je faire ?

Ses yeux s'illuminent devant ma volonté de l'aider lui et ce Eliot.

— Si tu pouvais le prendre en charge… Les titulaires sont trop occupés pour prendre soin d'un vieil homme et les autres internes ne font que se tromper de dosages. Je veux juste qu'il ne souffre pas pour ses derniers mois ici. Il mérite bien plus.

Les heures que je fais depuis des semaines sont monstrueuses et refuser serait logique, mais les yeux suppliants de mon ami m'obligent à accepter.

— De quoi a-t-il besoin ?

Harold me donne le dossier, dans la main que je lui tends.

— Il est inscrit que sa famille ne veut plus payer ses soins…

Harold soupire.

— Sa famille a toujours détesté ce qu'il était. Il a eu le courage d'avouer son amour pour les hommes, moi non. Même si ma femme s'en doute, je ne l'ai jamais dit. Pour tout ça, je n'ai pas le droit de l'abandonner, je lui dois bien ça, il était… il est quelqu'un d'exceptionnel.

Je me frotte le menton, mal à l'aise.

— Harold, je ne peux pas…

Il pose un bras sur moi.

— Je ne suis pas riche, mais je peux lui payer de la morphine. Pour lui éviter de souffrir. J'ai vu ça avec le chef, il est d'accord.

Je souffle, soulagée que mon seul ami ici ne me demande pas d'enfreindre le règlement.

D'un pas assuré, je m'approche de mon nouveau patient. Sa bouche se tord sous la douleur, tandis que j'attrape une seringue de morphine dans le chariot qu'Harold a déjà amené.

— Tu aurais pu le faire.

Je note ça en glissant l'aiguille.

Harold tient la main d'Eliot le temps que le calmant fasse effet.

— Non, toi, tu es médecin, un infirmier se contente d'appliquer les décisions de ses supérieurs et le directeur n'apprécierait pas du tout que je le fasse.

Il s'assoit sur le bord du lit en observant les traits apaisés de son ami.

— Où l'as-tu rencontré ?

— À Nashville, dans un bar gay. Bien sûr, à l'époque je n'avais aucune idée que c'en était un ou que moi-même je l'étais. Je suivais une bande d'amis un peu excentriques pour l'époque. Ils se cherchaient et, ironiquement, aucun d'eux n'est homosexuel. La vie est pleine de paradoxes.

Je pose la seringue et l'écoute, observant l'évidente tendresse d'Harold pour cet homme endormi. Cette complicité me donne du baume au cœur, après les longues journées éreintantes qui viennent de s'écouler. J'ai participé à quatre opérations. Deux jours à m'occuper des urgences, recoudre un jeune *skater* inconscient et son ami qui venaient de se faire renverser par une voiture, des jeunes filles brûlées à des degrés prouvant la bêtise des adolescentes qui souhaitent obtenir un bronzage parfait et un homme qui avait décidé d'affronter à main nue le molosse de ses voisins après ne pas avoir dormi de la nuit à cause des aboiements à répétition de ce dernier.

— Quand je suis rentré dans ce bar, j'ai senti un courant passer entre nous. Il m'a avoué l'avoir eu aussi. Depuis cet instant, mon cœur n'a cessé de battre pour lui.

L'image de Dean s'infiltre dans mon esprit et je tente de la repousser.

— Et ta femme alors ?

Il sourit face à ma question, qui je suis sûre, était prévisible.

— Incapable d'avoir des enfants à cause d'un accident lorsqu'elle était jeune, elle m'a choisi par dépit. Nous avons appris à nous aimer d'une certaine manière, mais je n'ai jamais ressenti la même chose que pour lui.

Harold pose un regard attendri sur le visage d'Eliot, caressant sa joue creuse.

— N'oublie pas qu'un amour comme ça, il ne faut pas le gâcher. On ne doit pas vivre avec des regrets. C'est une pensée que j'ai très souvent et je me dis que peut-être à une époque différente, j'aurai pu avoir une autre vie.

Je déglutis, les larmes aux yeux.

— J'aime James.

Il me sourit, compatissant. Ma tentative de me convaincre moi-même est ridicule.

— J'aime ma femme. On peut aimer plusieurs personnes, différemment. Je désirais Eliot plus que tout. J'apprécie ce qu'est ma femme et la personne que je suis devenu avec elle. Il n'y a pas de honte à ressentir des émotions, Julia.

Je me lève, essuyant d'un revers de la main mes larmes.

— Je dois finir de trier les dossiers. On se rejoint devant l'ascenseur dans 40 minutes ?

Je fixe ma montre pour m'assurer que l'horloge murale est à l'heure.

Harold hoche la tête avant de se pencher vers Eliot. Il se met à lui parler doucement et je m'éloigne.

La fin du classement des dossiers me vide la tête. Mettre ensemble les noms sans se poser de questions me soulage et je ne vois pas le temps passer. Une infirmière qu'Harold aime beaucoup, Kylie, vient me tapoter le bras pour me prévenir qu'il m'attend.

Je la remercie et sors de ma paperasse. Harold est devant les ascenseurs, l'air pensif. Notre routine m'amuse. Il prend les escaliers, moi l'ascenseur, me répétant que cela entretient la forme d'un homme âgé comme lui. Je n'arrive pas à lui donner un âge, mais la retraite approche et cela me fait de la peine. L'hôpital ne sera pas pareil sans lui et je vais me sentir encore plus seule.

— Tu penses à quoi ? m'interroge-t-il en observant mes yeux dans le vide.

— Au temps qui passe…

Mélancolique, je me frotte les yeux.

— C'est vrai que Noël est arrivé vite cette année. La saison du partage, de la famille, de l'amour…

Je ne relève pas, encore un peu secouée par son discours dans la chambre. Cet amour qu'il porte à Eliot me perturbe… Est-ce réellement possible d'aimer deux personnes à la fois ?

Je tente de changer de sujet.

— J'ai fait tellement d'heures supplémentaires pour avoir ces trois petits jours…

Ma voix n'est qu'un vague son, tant je bâille entre chaque syllabe.

— Newark à cette saison doit être magique, s'extasie Harold qui se souvient m'avoir entendue parler de mes projets de fin d'année.

— Oui… Nous restons les trois jours chez les parents de James.

Je lui apprends ça au moment où l'ascenseur s'ouvre, d'une voix plate, trop fatiguée pour être enthousiaste à l'excès.

— Profite bien d'un Noël en famille alors !

— Merci, Joyeux Noël, Harold.

Je lui souris et rentre dans l'ascenseur sans faire attention aux autres personnes présentes. Bousculant légèrement une femme, je m'excuse et recule vers le fond.

C'est son eau de Cologne que je sens tout de suite. Mon visage pivote et je croise ses yeux bleus qui m'observent.

Depuis plusieurs semaines, je les évite, tentant de reprendre l'ascendant sur ma vie.

Est-ce la fatigue ou le discours d'Harold sur l'amour, je ne sais pas, mais quand la totalité des occupants de la cage d'ascenseur sauf lui et moi sort, je m'avance vers le tableau de contrôle des étages.

Les portes se ferment et j'appuie sur -2. Dean ne loupe rien de mon manège.

— Tu mets ta voiture en sous-terrain maintenant ? s'étonne-t-il.

J'inspire avant de me retourner vers lui :

— Non.

Il ne lui en faut pas plus pour esquisser un sourire. Ses charmes marchent une nouvelle fois sur mon corps qui se réveille.

Sans m'en rendre compte, je m'avance vers lui, attirée comme hypnotisée, envoûtée.

Ses mains se plaquent autour de mon cou. J'entrouvre les lèvres et son souffle chaud m'enivre.

À quelques centimètres de mon visage, il m'observe, cherchant à savoir ce que je veux, puis ses lèvres se posent sur les miennes. Hésitantes au début, elles se font plus gourmandes. La passion m'électrise et j'attrape ses mèches blondes, chose que je m'étais juré de ne jamais faire.

Il plaque mon corps contre le sien.

Notre échange réveille une sensation nouvelle. Je me délecte de notre baiser jusqu'au moment où les portes de l'ascenseur s'ouvrent.

Je m'écarte de lui en reculant d'un pas. Il ne me retient pas. Ses yeux m'observent.

— Je n'aurais pas dû.

— Au contraire, déclare-t-il en se léchant les lèvres, c'était très agréable.

Je grimace en constatant que je pense la même chose.

— Alors, départ pour Newark ? dit-il en changeant de sujet.

Hochant la tête, je sors de l'ascenseur, il me suit.

— Oui, c'est une tradition avec James.

Son regard se rembrunit en entendant son nom, mais il continue de m'interroger d'une voix enjouée.

— Lait de poule, sapin, grand repas et cadeau ?

— Plus ou moins…

Son résumé de mes trois jours durement gagnés me paraît un peu trop léger bien que tristement réaliste.

— Passionnant comme petites vacances ! s'exclame-t-il pour appuyer mes pensées.

Je grogne, faisant mine de ne pas avoir entendu sa remarque.

— Et toi ?

Mon changement de sujet apparaît telle une bouée miraculeuse autant pour moi que pour lui.

— Hawaï… Je cherchais une petite infirmière pour m'accompagner, tu n'en connaîtrais pas une qui…

Je le fusille du regard, ce qui lui déclenche un fou rire.

— Jalouse, madame !

Je lève les yeux au ciel, sachant pourtant qu'il y a un fond de vérité, ce qui est complètement aberrant. Comment avait pu faire Harold pour voir Eliot dans les bras d'autres hommes ?

Quand je me rends compte que je compare James à sa femme taciturne, je me mords l'intérieur de la joue, ayant envie de me donner des gifles !

— Tu penses à quoi ?

— À James.

Je ne réfléchis pas avant de sortir son nom et Dean change complètement d'attitude.

— Tu devrais peut-être réfléchir pendant ces trois jours, tu ne crois pas ? lâche-t-il, amer.

Sa réflexion me blesse, mais je ne peux pas lui en vouloir. C'est moi qui viens de lui sauter dessus à cause d'une discussion pleine d'émotions, de bons sentiments et de choix concernant un homme d'une autre génération, avec des problèmes d'acceptation de la société à son époque, rien à voir avec un béguin ridicule pour un médecin égocentrique.

Dean s'éloigne vers sa voiture, tandis que j'emprunte une nouvelle fois la sortie pour piétons.

# Chapitre 15

Noël a été comme prévu. Rien n'a changé de notre routine et, si cela m'avait paru la meilleure des choses depuis 5 ans, j'arrive à en douter maintenant. Le dernier échange que j'ai eu avec Dean m'a obsédé durant ce week-end. De plus, James a joué aux abonnés absents, restant collé à son téléphone et à son ordinateur.

Revoir ma mère et Richard eut tout de même l'effet escompté d'une pause relaxante, mais maintenant que le taxi nous ramène à notre appartement, je déprime.

— J'ai une garde de 48 heures demain…

Je parle dans le vide : James ne m'écoute plus depuis la descente de l'avion, greffé sur son satané téléphone portable dernière génération.

— J'ai embrassé un autre homme et je pense m'enfuir avec lui…

Je souffle ça d'un air désabusé, qu'il ne relève pas non plus.

Je paye la course du taxi et sors sans attendre mon fiancé qui vocifère des instructions à son nouvel assistant.

L'entrée du loft diffère de l'ambiance chaleureuse qui règne chez les parents de James.

L'odeur du sapin et de la bonne cuisine d'Evelyn, ma belle-mère, me manque déjà.

Les pieds traînant, je rejoins le salon, allumant la télévision à la recherche d'un de ces fameux films de Noël.

James raccroche pour composer à nouveau un autre numéro.

Je l'ignore, attrapant un plaid pour m'y blottir.

27 décembre. Le froid quasiment inexistant ici est tout de même apparu. Les températures n'ont rien à voir avec la côte est, mais je m'en contenterai.

Un téléfilm sur une jeune femme perdue au beau milieu d'un petit village du nord du Canada commence. Le bras en l'air, l'actrice vocifère des injures contre la mauvaise connexion.

Je ris en imaginant James dans la même situation.

Cette dernière marche sans faire attention aux voitures et percute de plein fouet un camion de glaces.

Étonnée d'une telle violence dans un film de Noël, je reste scotchée à la télévision, tandis que James s'éloigne dans la cuisine.

J'augmente le son pour éviter d'entendre les énièmes discussions d'affaires de mon futur époux et m'installe un peu plus confortablement dans le canapé.

Un homme au physique de magazines, ayant un petit air de famille avec Dean, apparaît à l'écran.

Sa blouse blanche ne laisse pas de doute sur sa profession. Je lève les yeux au ciel en constatant que l'actrice, allongée sur un lit d'hôpital avec plusieurs bandages grotesques autour du corps, bave littéralement devant lui.

— Ne t'approche pas, ma fille…

Je lui souffle ça par réflexe avant de m'amuser de ma bêtise.

— Tu m'as parlé ? me questionne James en revenant dans la pièce.

Ma tête pivote vers lui. Comment a-t-il pu m'entendre d'aussi loin ? Moi qui croyais qu'une conversation dans la cuisine était silencieuse. Je me mords l'intérieur de la joue, une pointe de stress s'apprête à ressurgir.

— Je parlais à l'actrice !

Il me décoche un sourire amusé et je hausse les épaules, incapable de défendre mon comportement irrationnel.

Son corps enfonce la mousse du canapé au moment où il me rejoint. D'un geste, il récupère une partie de mon plaid, ce qui me fait râler :

— Mon plaid !

Accompagné d'une pointe de défi dans son regard, il tire d'un coup sec pour me l'ôter. Telle une panthère, je saute pour la récupérer, oubliant le déroulement du film.

— Donne !

Ma supplique n'y change rien, il tient toujours la couverture à une large distance de moi.

Je plisse les yeux, prête à engager le combat.

— Tu es sûr de toi ?

Je le préviens en sachant pertinemment qu'il n'acceptera pas la défaite comme ça.

Maintenant debout face à lui, toujours avachi dans le canapé, je peux facilement prendre le dessus.

— Viens, m'intime-t-il en secouant le plaid, comme le toréador face au taureau.

Je fais mine de prendre de l'élan et m'élance vers lui.

Au même moment, la sonnerie de son téléphone retentit. Il se penche pour le récupérer et esquive mon corps en plein vol.

Je n'ai pas le temps de m'arrêter. Mon corps s'écrase contre le canapé et mon visage heurte la lampe de chevet juste derrière.

La douleur irradie mon cuir chevelu en un instant. James jure en se retournant vers moi qui me recroqueville sur le canapé, la paume frottant activement la partie endolorie.

— Excuse-moi, marmonne-t-il en décrochant l'appel.

Hébétée, je le regarde s'éloigner pour prendre la communication, comme si de rien n'était.

Je serre les dents autant à cause de la douleur que de son attitude.

Après un instant, je file dans la cuisine récupérer un sachet de petit pois congelé et je retourne m'installer dans le canapé.

Le froid calme la douleur et je reprends le téléfilm.

La femme est apparemment sortie de l'hôpital avec une bonne commotion cérébrale et une perte de mémoire, comme c'est pratique pour la suite. Son médecin lui propose bien évidemment son aide sans aucune contrepartie.

— C'est ce que tu crois, ma petite...

Ma voix donne écho à la réplique du parfait médecin qui lui avoue ne penser qu'à elle depuis des semaines.

J'ai quasiment l'impression d'entendre des violons.

— La réalité est bien moins belle, crois-moi. Tu finis avec un bon gros mal de crâne et aucun homme pour t'aider.

Je maugrée pendant que le générique de fin défile.

La nuit est complètement tombée et je réalise que mon internat reprend demain. James n'est pas revenu. Abandonnant mon sac de petit pois dans la cuisine, je monte les escaliers. Mon fiancé est plongé sur son ordinateur, entendant à peine mon arrivée.

— Excuse-moi pour tout à l'heure.

Il ne prend pas le temps de relever la tête vers moi, ce qui m'agace.

— J'aurai un œil au beurre noir demain, c'est tout !

J'exagère la situation pour voir sa réflexion. Cette dernière est immédiate, il m'observe la bouche grande ouverte, avant de voir que mon œil n'a pas changé de couleur.

— Au moins, tu me regardes là.

Il soupire et ferme son ordinateur.

— Je te regarde tous les jours, mon cœur, viens là, me dit-il en tapotant l'endroit où, quelques instants plus tôt, se trouvait son ordinateur.

J'obtempère sans grande conviction.

— J'ai une bonne nouvelle, pour le 31, le cabinet organise une grande fête et...

D'un geste de la main je le coupe.

— Je suis de garde la nuit du 31. Une sorte de rite pour les internes apparemment.

Il fronce les sourcils.

— Vraiment ?

Sa réflexion me donne l'impression qu'il m'en veut. Je me relève et entreprends de me déshabiller avant de me glisser dans le lit.

— Oui. Je n'ai pas le choix.

— On a toujours le choix, tranche-t-il en se tournant à l'opposé de moi.

Je soupire ne comprenant pas sa réaction excessive.

— Il y en aura d'autres des...

— C'est bon, j'irai seul.

À sa manière de claquer le dernier mot, je comprends que la discussion est close.

Moi qui voulais le faire culpabiliser pour mon futur hématome, c'est raté.

# Chapitre 16

Je me réveille en grande forme le 31 décembre. La mauvaise humeur de James a disparu hier, après avoir observé son équipe préférée de football gagner un grand championnat. Qui aurait pensé que la télévision puisse sauver un couple ?

L'idée que ma mère arrive dans moins de deux semaines aide aussi à maintenir mon moral.

— À l'année prochaine, me lance James en sortant le premier du loft.

Je n'ai pas le temps de répondre que le vibreur de mon téléphone se met en marche.

— Oui ?

Ma voix est hésitante, ayant répondu à la volée, sans regarder le correspondant.

— Salut, beauté, tu vas être en retard !

Je lève les yeux au ciel en entendant Dean m'appeler par ce surnom.

— Je ne suis jamais en retard.

Il rit.

— Apparemment si, à chaque grande occasion, d'ailleurs ! Bouge ton adorable fessier à l'hôpital et rapidement !

Son ordre termine notre conversation. Sans chercher à comprendre, je termine en une gorgée mon café, attrape mes affaires et sors du loft.

Le trajet me prend 20 minutes. Au moment de garer mon véhicule, mon chirurgien aux mèches blondes se met à courir vers ma voiture.

— Enfin ! Tu as mis une éternité ! Je me fais discret depuis des heures…

Ses yeux hagards observent les alentours.

— Pourquoi devrais-tu te cacher ?

Je le regarde, interloquée, tandis qu'un groupe d'infirmières arrive sur nous. En s'approchant de nous, leur visage s'illumine.

— Docteur Linkt, on voudrait être dans votre équipe !

— S'il vous plaît…

— Je suis l'une des meilleures pour…

Elles commencent toutes à détailler leur spécialité. Interdite, j'observe leur manège sous les yeux désespérés du beau chirurgien.

— Si Relwood accepte, j'accepte, dit-il en se retournant vers moi, suppliant.

Le regard doux et charmeur des jeunes femmes change pour un plus dur dans ma direction.

J'ouvre la bouche, puis la referme, ne sachant pas de quoi elles parlent.

— Quelle équipe ?

L'une des infirmières pousse une petite exclamation de surprise.

— Mais voyons, la compétition du 31 !

Mon expression ne semblant pas changer, elle développe.

— C'est une tradition ici. À chaque trente et un, les titulaires travaillant constituent des équipes. Celle qui obtient le meilleur résultat concernant les soins et les cas durant la journée et la nuit du trente et un gagne.

— Gagne quoi ?

— Cela dépend des années, mais gagner est merveilleux ! Pour les cadeaux, pour l'année qui passe… Les gagnants arborent une couleur de badge différente pendant 12 mois, prouvant être l'un ou l'une des meilleur(e)s de sa branche.

La voix surexcitée de l'infirmière semble être contagieuse. Les autres trépignent d'impatience, scotchées à mes lèvres.

— Alors d'accord.

L'explosion de joie que mes mots provoquent me terrifie presque. Passer la journée avec elles risque d'être épuisant.

— Je vais nous inscrire. Votre badge, nous demande la même infirmière en tendant le bras.

J'obtempère après avoir vu Dean le faire.

Le groupe s'éloigne aussi vite qu'elles sont arrivées.

— Quel engouement…

Il se gratte la tête en observant les femmes s'éloigner.

— C'est la première fois que je participe, ça doit être l'effet de la nouveauté.

J'arque un sourcil face à sa réponse. Je ferme ma voiture et le suis en direction de l'hôpital, où l'effervescence de ce jour spécial tend à rendre les choses encore plus intéressantes.

— Pourquoi n'y avoir jamais participé avant ?

Il me décoche un sourire en me chuchotant :

— Aucune interne ne m'intéressait jusque-là.

Je rougis avant de le repousser, le jugeant trop proche de mon corps déjà réveillé.

Nina m'adresse un pâle sourire, avant de s'éloigner de nous.

— Elle est venue dès cinq heures pour être dans mon équipe, m'explique Dean, le fait que je sois l'un des meilleurs à cache-cache ne semble pas lui avoir plu, note-t-il, tandis que je grimace.

Mes relations avec les autres internes ne sont déjà pas bonnes et être proche de lui ne risque pas de m'aider.

Lucas me fait un signe de la main, me montrant fièrement dans quelle équipe il est. Je reconnais Susy Tuzer, l'une des meilleures chirurgiennes orthopédiques du pays. À voir son immense sourire, il a réussi à choisir la titulaire de son choix. Sans grande surprise, Andrew se retrouve avec le docteur Fin.

Quand je vois Harold s'avancer vers nous, j'offre un coup de coude à Dean qui relève la tête dans la même direction que moi.

— Pas dans notre équipe, me souffle-t-il en le voyant se rapprocher du docteur Fin et de son équipe.

Je suis étonnée de son choix, quand mon titulaire m'explique.

— Il est trop lent selon lui. Je lui ai proposé, mais il m'a demandé à la place de lui dire mon plus redoutable concurrent pour le pénaliser. Un petit génie ce Harold.

Comme pour appuyer cette constatation, ce dernier se retourne vers nous, offrant un clin d'œil malicieux.

Je ris en pensant à l'énervement de Fin au moment où Harold ruinera ses chances de victoire.

— C'est vraiment important ?

Ma question trouve écho dans la déclaration du directeur de l'hôpital.

— Maintenant que chaque groupe est formé, je vous souhaite d'être les meilleurs. On se retrouve demain à la même heure. Au boulot !

Les petits groupes se mettent à fourmiller de partout. Les infirmières arrivent autour de Dean comme des abeilles à la ruche.

— Allez prendre vos patients habituels pour le moment. Pas la peine de se presser aux urgences, la plupart de Los Angeles dort à cette heure, déclare-t-il en me tirant par le bras.

Les infirmières acquiescent, légèrement déçues.

— Nous avons une opération, nous.

Je le fixe sans comprendre.

— Une opération ?

— Oui. Un patient n'a pas pu être opéré avant-hier. Le seul créneau, c'était aujourd'hui. Aucun des titulaires ne veut perdre plusieurs heures à opérer un cas simple aujourd'hui, cela ne rapporte pas assez de points. Moi, je tiens à mon patient.

J'acquiesce, rassurée de voir qu'il ne perd pas de vue le bien-être de ses patients.

— Tu n'auras rien à faire, juste à apprendre, me rassure-t-il en me voyant légèrement blanchir.

Sur ces mots, il s'éloigne, moi sur ses talons.

L'opération se passe comme l'avait prévu mon titulaire. Ses gestes sont précis et rapides. Émerveillée, je reste scotchée à ses mouvements tout le long de l'opération.

— Peux-tu me tenir cette pince ?

Sa voix me sort de ma léthargie spectatrice. L'excitation monte en même temps que la peur. Je hoche la tête et m'empare de la pince.

— Tu ne bouges pas, le temps de…

Il ne termine pas sa phrase et dégage l'une des pinces en place, puis reprend celle que je tiens. Une opération à cœur ouvert d'aussi près pour mes premiers mois en internat me donne envie de hurler de joie. À la place, j'observe sagement Dean terminer l'opération.

— Valve posée, mon petit gars !

Sa voix joyeuse déclenche les applaudissements du personnel du bloc, rejoints par les miens, en admiration devant le travail effectué.

— Ta première opération comme celle-ci, me demande-t-il, alors que nous nous lavons les mains.

Encore sous le coup de l'émotion, j'acquiesce, des étoiles dans les yeux.

— Tu as choisi ta spécialité ?

Tordant ma bouche, je réfléchis à quoi lui répondre.

— Je ne pensais pas faire chirurgie. Je voulais surtout me remettre dans le bain et après monter mon cabinet de médecin, mais…

Entre le début de ma réponse et la fin, mon titulaire avait perdu, puis repris son sourire enjôleur.

— Mais tu adores ça ! C'est bien. Tu dois te trouver une spécialité, maintenant.

Je me mords la lèvre, évitant de lui dire que cela ne tient pas qu'à moi, ayant recours à l'argent de James pour financer mes études.

Il sort en s'étirant les bras.

— Les choses sérieuses vont bientôt commencer aux urgences. Prête à nager dans la fosse aux lions ?

La situation semble l'amuser et je lui réponds sur le même ton joyeux :

— Allons nous faire dévorer !

Il rit et nous poussons les portes des urgences.

Ma mâchoire se décroche sous l'étonnement, tandis que Dean murmure :

— Je sais maintenant pourquoi je ne travaille jamais un trente et un…

# Chapitre 17

L'effusion de cas depuis deux heures ne s'arrête pas. Heureusement, l'émulation du concours nous fait nous surpasser. Les urgences ne cessent d'être engorgées. Je m'étonne de voir passer des hommes avec des fourchettes plantées dans le bras, des corps déboîtés par dizaines et des femmes déchaînées hurlant sur leurs maris comateux.

— Tu t'occupes d'elles, me souffle Dean.

Ce dernier fait un travail impressionnant. Je n'ai aucune idée de la place de mon équipe, mais cela ne m'étonnerait pas qu'on gagne. Il est à sa troisième opération d'urgence. Seule l'équipe de Lucas me paraît une concurrente de taille, sa titulaire remettant un nombre incalculable de membres déplacés.

— Je vais te tuer, hurle l'une des femmes dont me parle Dean.

Je m'avance, sentant la fatigue des heures accumulées arriver petit à petit. Retenant un bâillement, je m'interpose entre mon patient et celle que je suppose être sa femme.

— Madame, s'il vous plaît.

Elle me foudroie du regard, tandis que je tente de la faire reculer du lit où gît, mal en point, mon patient.

— Bonjour, Monsieur, j'utilise une voix douce pour le mettre en confiance, souffrez-vous ?

— Bien sûr qu'il souffre, cette merde ! Ça fait quoi d'apprendre que, moi aussi, je te trompe depuis des mois ? Que je savais très bien que…

— Madame !

Mon ton offusqué et sec l'arrête.

Une autre femme un peu plus jeune arrive vers nous, le visage ruisselant de larmes.

— Doudou, tu…

La colère tord les traits de l'épouse de mon patient.

— Doudou ? Comment oses-tu l'appeler ainsi, sale…

Une des infirmières de mon équipe l'arrête dans sa phrase, en invitant la plus jeune des deux à s'éloigner. Je la remercie d'un coup d'œil, avant de reporter mon attention vers mon patient qui semble de plus en plus mal en point.

— Où souffrez-vous ? repris-je en tentant d'oublier la voix suraiguë de sa femme.

Ses yeux roulent, avant de se fermer. Je vérifie son pouls, avant de hurler :

— Arrêt !

L'infirmière de tout à l'heure surgit de nulle part, un chariot de réanimation avec elle.

— Il est mort de toute manière, crache la femme, derrière moi.

Sa réflexion ne m'échappe pas, mais je réanime mon patient avant de m'en occuper. Une fois son état stabilisé, je me retourne vers celle-ci.

— Que voulez-vous dire par « il est mort » ?

Ma voix est menaçante. Elle me lâche une sorte de rictus mauvais, avant d'avouer :

— Le poison, ça tue !

Mes yeux s'écarquillent. Je recule d'un pas, avant de me reprendre. La femme de mon patient a un couteau qui sort de sa poche. Je déglutis, tandis qu'elle m'observe, la tête penchée sur le côté.

— Stéphanie, appelle la bleue et demande un brancard d'urgence et des calmants.

L'infirmière que j'ai appelée m'observe un instant, cherchant à savoir si j'utilise réellement le code pour la police et une personne potentiellement dangereuse, je lui décroche un regard entendu et elle détale sans attendre.

— Vous n'auriez pas dû…

Sa voix est plus menaçante qu'avant. Je tente de trouver quoi lui répondre pour gagner du temps.

— Je sais à quel point se faire tromper est difficile…

— Vous avez été trompée ou vous trompez, me coupe-t-elle.

Je m'arrête de respirer, cherchant la meilleure réponse. Plusieurs infirmières m'observent, tandis que la femme sort le couteau de cuisine de sa poche.

— Vous trompez alors… dit-elle, face à mon mutisme.

Pétrifiée, je la vois s'avancer vers moi.

— Savez-vous ce que l'on ressent quand on apprend que l'être que l'on aime le plus au monde nous trahit ? On a l'impression d'avoir les entrailles déchirées, éventrées…

Elle mime le fait d'ouvrir un ventre avec son couteau. La sueur perle sur mon front quand j'aperçois Dean arriver en trombe aux urgences.

— Cela ne sert à rien de s'énerver, d'accord ?

— M'énerver ? Si cette petite garce n'était pas venue chez nous ce soir, il serait mort ! À la place, elle gémissait, en appelant les urgences, que l'amour de sa vie n'allait pas bien. J'aurais dû la tuer sur place pour ce qu'elle m'a volé.

Je tressaille sous la violence verbale de cette femme.

L'un des agents de sécurité lève son arme dans sa direction. Elle ne voit rien, moi oui.

— Écoutez, on veut tous que la journée ne se termine pas en bain de sang. Votre époux est répugnant. Son problème ? Il ne sait pas voir ce qu'il a devant les yeux.

Vous êtes bien plus importante qu'une misérable petite passade. Il fondera une famille avec vous. Ce n'est qu'un égarement momentané, vous verrez…

Elle semble hésiter, pivotant la tête sur le côté.

— Vous êtes la stabilité, le confort, l'amour. Elle… ce n'était que pour se sentir vivant et important. Il ne pensait plus vous mériter…

Son arme se baisse, lorsque des larmes jaillissent sur ses joues.

— Tu pensais que je ne t'aimais plus, hoquette-t-elle en direction de son mari.

Ce dernier, heureusement évanoui, ne la contredit pas. J'attrape son couteau quand elle s'avance vers lui. L'agent de sécurité avance vers nous, toujours l'arme au poing.

Son regard m'interroge sur ma santé, j'acquiesce, avant de m'éloigner, un peu perturbée.

Quelques minutes après, la police arrive et embarque la femme déboussolée.

Pendant ce temps, je m'avance vers Dean, dont le visage est pétrifié. Il passe mon bras sur ses épaules et m'aide à avancer, de plus en plus faible suite au contre coup. Nous marchons dans les couloirs sans nous dire un mot.

— Tu vas aller t'allonger, je pense… dit-il en poussant la porte d'une pièce réservée au personnel.

Deux lits superposés vides me tendent les bras. Maladroitement, je titube vers celui du bas, manquant de m'évanouir à chaque pas. Les bras de Dean me soutiennent sans me retenir.

Enfin allongée, je le vois partir.

— Reste…

Mon murmure l'arrête dans son mouvement. Il referme la porte et enclenche le loquet pour la verrouiller.

Je me recroqueville pour lui laisser de la place. Il sourit en s'installant sur le lit, avant de m'attirer sur lui pour que j'aie plus de place.

— J'ai cru que… soufflai-je, contre son cou.

Il me caresse les cheveux de manière régulière.

— Je sais… Je sais… C'est fini, me rassure-t-il.

Exténuée, je plonge mon visage dans son torse, espérant trouver le sommeil, mais les bruits incessants du va-et-vient dans les couloirs et sa respiration saccadée m'empêchent de trouver le sommeil.

— Ça ne va pas ? Tu as l'air tendu.

Ma voix inquiète lui fait froncer les sourcils.

— Je me suis juste inquiété pour toi. Te voir face à cette folle… Tu as été courageuse, me souffle-t-il en posant un baiser sur mon front.

Les mots que j'ai dits à cette femme me reviennent alors.

— Pardon pour ce que j'ai dit. Tu n'es pas un…

— Tu ne parlais pas de moi, Julia. Et puis, j'ai toujours su ta situation.

Je réfléchis à ses paroles quand le sommeil m'emporte enfin. Mes rêves se mélangent à mes souvenirs. La femme au couteau se transforme en James, en pleurs, les mains pleines de sang et Dean qui gît au sol.

En sueur, je me réveille, tandis que mon bipeur vibre sur le sol.

Je suis seule dans le lit de la salle de repos.

Après quelques instants, je reprends mes esprits et sors de la pièce, mon bipeur dans la main.

La fin de ma garde se passe en compagnie des policiers qui m'interrogent sur le déroulement de la scène avec cette femme désespérée. Je leur redis les mots exacts de cette dernière, puis rentre chez moi sous les ordres du directeur de l'hôpital. James n'est pas au loft que je rentre. Il est à peine 7 heures. Après une bonne douche, je me remets au lit ne me réveillant qu'au son de ma sonnerie de téléphone.

Je titube jusqu'à mon sac à main et décroche, la voix pâteuse :

— Ouais…

— Tu es une star, ma belle, m'annonce Dean, d'une voix remplie de fierté, on gagne la compétition haut la main avec ton intervention héroïque. Et Stéphanie qui prévient la police et Mary qui cache la copine en danger… Quelle équipe de super héroïnes !

Sa voix est rapide et plus aiguë que la normale.

— Tu vas bien ?

Je ne peux pas m'empêcher de m'inquiéter pour lui.

— Bien sûr. On boit un verre avec les filles pour fêter ça. Tu veux nous rejoindre ?

Après un moment de silence, il reprend :

— Je suis bête, James doit être avec toi à l'heure qu'il est et…

Je me relève d'un coup ne l'écoutant plus. L'horloge indique 11 heures du matin. Je descends les escaliers, le téléphone portable en main, et me dirige vers la chambre d'amis. Le lit n'a pas été défait. Je me dirige vers la cuisine, le café n'est pas fait. Fronçant les sourcils, je m'approche du comptoir où une note manuscrite est laissée là à mon intention.

*Je suis rentré vers 1 heure du matin. Tu n'as rien loupé. Injoignable aujourd'hui pour le boulot. Je t'aime. À ce soir.*

— Julia ? T'es toujours là ?

Le mensonge de James me tord l'estomac. Pourquoi me dire qu'il est rentré vers une heure, alors que ce n'est pas vrai. Sinon pourquoi le loft était vide quand je suis rentrée avant 7 heures ?

— Julia ?

La voix de Dean me tire de ma rêverie.

— Une douche et j'arrive.

Ma réponse lui arrache un cri de joie et il raccroche. Je reçois immédiatement un texto pour l'adresse du bar.

# Chapitre 18

Deux semaines que ma popularité à l'hôpital a explosé. Mes relations avec les autres internes ont évolué. Nina me parle de temps en temps, Lucas déjeune avec moi tous les midis et Dean m'ignore si une autre personne est dans la pièce.

Le mois de janvier signe le début d'une nouvelle année. Seul bémol au tableau : James. Les rendez-vous tard le soir, les nuits au bureau s'enchaînent. Je n'ai pas osé lui parler de son mensonge, car la vérité n'est pas toujours ce dont on a besoin.

Le calendrier m'annonce que c'est le grand jour. Ma mère arrive.

Je sors un peu plus tôt de l'hôpital pour venir la chercher à l'aéroport. Et malgré les bouchons, je suis plutôt à l'heure.

L'arrivée de ma mère lui ressemble. Aucune discrétion et du retard. Au moment où elle me tombe dans les bras, je ressens à quel point sa présence dans ma vie me manque.

— Richard t'embrasse et espère pouvoir venir au mariage, m'apprend-elle directement.

La médecin en moi doute de sa possibilité de venir, mais je me retiens de le lui faire remarquer, elle semble si radieuse.

— Quelle mine immonde, me fait-elle remarquer.

Je ne peux qu'acquiescer. Mon teint blafard reflète les heures de sommeil qui me manquent considérablement.

— Alors, le programme ? s'enquiert-elle, à peine montée dans la voiture.

— Demain, tu n'es pas avec moi. James a pris une journée pour te faire visiter la ville. J'ai réussi à obtenir une après-midi pour les essayages et…

Je m'arrête en contemplant le visage distrait de ma mère. Collée à la vitre, elle observe les bords de mer. Je souris, oubliant souvent que l'endroit dans lequel je vis est sublime.

— Je t'écoute, m'apprend-elle, le nez toujours collé à la vitre de ma voiture.

Préférant la laisser admirer, je garde le silence.

À cet instant, ma montre m'indique 20 heures.

Mes paupières sont lourdes, mais la vitalité de ma mère me tient éveillée jusqu'à plus d'une heure du matin.

Une erreur stratégique de perdre du sommeil dès le début du séjour de ma mère.

Les jours qui passent sont exténuants et je m'observe dans cet immense miroir, le teint de plus en plus pâle, dans une robe crème immonde.

— Tourne-toi… Elle est sublime ! s'exclame le diable qui me suit partout.

Je soupire en levant les yeux au ciel. Deuxième magasin de robes de mariée que nous écumons aujourd'hui. Avant ça, le traiteur et les dizaines d'échantillons du gâteau de mariage. Je ne sais pas pourquoi elle tenait à le faire avec moi. C'est James le gourmand, pas moi. Rien que d'imaginer les kilos de crème que je viens d'ingurgiter, la bile me monte. Ou est-ce ce corset qui me resserre l'estomac ?

— Maman, si tu dis ça pour toutes les robes, on n'aura jamais fini !

— Si je n'étais pas toute seule ici aussi, dit-elle en se plaignant une énième fois de ne pas avoir encore choisi ma témoin.

Je rentre dans la cabine d'essayage pour enlever ce corset désagréable.

— James et moi avons prévu de les inviter bientôt. Il faut juste qu'on trouve le temps pour…

— Vous ne répétez que ça en ce moment. Vous avez au moins du temps pour vous, non ? Toujours autant de passion au lit ?

Elle me pose cette question, tandis que je suis complètement nue dans la cabine d'essayage. Le rouge me monte aux joues à l'idée que les vendeuses aient pu entendre ma mère.

Je passe la tête entre les deux tissus pour la fusiller du regard :

— Maman, arrête un peu ! Et cela ne te regarde pas.

Sans s'en rendre compte, elle vient de pointer un problème qui me tracasse. James ne me regarde plus et ne me touche plus depuis plusieurs semaines. Au début, j'ai mis ça sur ma paranoïa, puis sur la fatigue, mais je dois me rendre à l'évidence : quelque chose cloche.

Je me rhabille et décide d'arrêter les essayages pour aujourd'hui.

— Je pense que tu as trouvé la bonne, m'assure ma mère.

Un sourire pour toute réponse, je remercie la vendeuse et sort du magasin en compagnie de ma mère.

— Fleuriste ?

Je soupire devant son éternelle bonhomie.

— Allons-y.

Ma joie faussement exagérée ne dérange pas ma mère qui trottine devant moi, le nez en l'air pour ne rien louper de cette ville qu'elle semble apprécier.

— James est un guide incroyable ! On a parlé d'absolument tout ! Et marcher le long du sable chaud… Tu as vraiment de la chance, tu sais. Moi, avec ton père, j'avais…

Et la voilà repartie dans l'éternel discours, ton père était une plaie. Malgré mon accord complet sur la question, j'esquive cette discussion exaspérante.

Je la fais traverser les avenues, tandis qu'elle déblatère les nombreux défauts de mon géniteur sûrement perdu dans les méandres de l'alcool à l'heure actuelle.

Je n'en ai aucune idée, n'ayant aucune nouvelle depuis plusieurs années.

La devanture de la première fleuriste me donne envie de vomir. J'ai toujours détesté les fleurs et leur odeur prenante.

— Des Lys, quelle merveilleuse idée, mon cœur !

Elle s'exclame en fixant des petites fleurs blanches exposées dans la vitrine. Je ne relève pas le fait que l'idée ne vient absolument pas de moi, mais de la propriétaire de la boutique, et la suis sans rechigner.

J'ai rêvé de ce mariage depuis toujours et pourtant les derniers préparatifs me semblent longs et fastidieux. Rien ne se passe comme je l'avais imaginé. James qui n'est pas là, ma mère qui semble à des milliers de kilomètres de l'idée que je me fais d'un mariage champêtre et simple et moi, exténuée, le visage bouffi…

— Ju', des roses blanches ou rouges ? Noires, non, c'est un peu morbide.

— Celles qui sentent le moins.

Je lâche ça sans entrain, ce qui vexe ma mère.

— Tu n'es vraiment pas drôle en ce moment. Même James a l'air de le penser.

Piquée au vif, je me retourne vers elle, le regard suspicieux.

— Il a dit quoi sur moi ?

— Que tu étais distante. Tu parlais moins, travaillais beaucoup.

Un rire ironique sort de mes lèvres. L'homme fantôme aux mille mensonges ose dire cela de moi.

— Tu devrais peut-être lui retourner ce constat aussi, persiflé-je.

Ma mère ne rajoute rien en constatant qu'elle vient de toucher un point sensible.

Je ne dis plus rien me plongeant dans les explications de la fleuriste.

# Chapitre 19

Une fois ma mère mise dans l'avion, notre quotidien reprit son cours normal. James est de nouveau aux abonnés absents et je recommence mes heures à l'hôpital.

Je sors d'une garde de 48 heures, quand l'énergie débordante de Nina interrompt le demi-sommeil éveillé des personnes présentes dans les vestiaires.

Elle sautille et vocifère joyeusement entre chaque casier, tandis qu'on reprend nos vêtements de ville.

— Je suis tellement heureuse ! s'exclame Nina, pour la énième fois de la journée.

Exaspérée de voir qu'aucun des internes ne prend le temps de l'écouter, je lui offre la fameuse question qui ouvre les vannes de son excitation :

— Pourquoi ?

Son visage s'illumine et elle s'avance vers moi.

— Je sors avec le docteur Linkt ce soir ! Oh, mon dieu, je vais devoir passer chez le coiffeur et… Tu crois qu'il aimerait que je sois rousse ? Mon cousin m'a dit que la couleur brune ravivait mes yeux, mais je ne suis pas sûre qu'il les regardera de toute manière, alors…

Je ne l'entends plus parler. Mon cerveau tente d'assimiler la nouvelle. Harold m'a dit qu'il accumule les femmes. Sa réputation n'est pas taboue ici… Mais l'imaginer sortir pour la Saint Valentin avec une femme.

— Tu te rends compte ? C'est moi qu'il veut pour la Saint-Valentin !!!

Le cri hystérique de Nina me sort de ma torpeur. Je secoue la tête en levant les poings en l'air, au niveau de mon visage et les agite.

Mon geste ironique et satirique lui convient et elle s'éloigne toute guillerette.

Morose, je quitte l'hôpital. L'idée qu'une surprise m'attend peut-être au loft me ragaillardit légèrement.

Sauf qu'en poussant la porte, un loft silencieux et froid m'attend. Je consulte le répondeur et la voix de James brise le silence pesant.

*Je vais rentrer un peu tard, vers 20 heures, je pense. Commande des pizzas. Bisous.*

Pas réellement étonnée, j'allume la télévision quand, une demi-heure après, la porte d'entrée s'ouvre d'un coup. Je sursaute, lâchant un petit cri de surprise.

— Excuse-moi... J'ai honte d'avoir oublié, commence James, l'air inquiet, avec le boulot et les nouvelles affaires, je ne vois plus les jours passer. Quand la greffière m'a dit que c'était gentil de travailler pendant la soirée de Saint-Valentin, j'ai fait aussi vite que j'ai pu.

Son air désolé me fait craquer et je me lève pour le serrer dans mes bras.

— On a du mal à se voir en ce moment...

Il me sourit tristement.

— Oui. Entre mon boulot et tes gardes.

Je hoche la tête, en bâillant. Il rit.

— On devrait penser à nos témoins aussi.

Plissant les yeux, je détaille son expression.

— Ma mère t'a envoyé un message ?

Penaud, il se cache le visage de ses mains.

— Douze en réalité, m'avoue-t-il, mais elle n'a pas tort, on doit y penser.

Je soupire consciente que nos emplois du temps nous obligent à ignorer plus que de raison ce détail.

— Si on invitait nos deux choix à dîner cette semaine ? me propose-t-il.

Ne trouvant pas de raison pour refuser, j'acquiesce avant de me lover dans ses bras.

C'est ainsi que je me retrouve en face de Tara et Dean, au côté de James arborant un magnifique sourire d'hôte attentive.

— Nous vous avons invité ce soir pour vous demander quelque chose.

Dean me fixe, tandis que James s'égosille, en bougeant les bras de manière théâtrale.

— Voulez-vous devenir nos témoins ?

Tara saute sur ses pieds pour m'enlacer, ce que je considère comme un oui. L'autre invité semble moins à l'aise. Il se lève et tapote l'épaule de mon fiancé sans grande conviction, ses yeux incapables de me lâcher un seul instant.

— Et j'ai pensé que, peut-être… Tara est une bonne amie et tu es célibataire, non, Dean ?

Je me liquéfie sur place en comprenant pourquoi James voulait inviter nos deux amis respectifs en même temps.

— Oui… répond-il en reprenant sa casquette de charmeur.

Je ris.

— Nina est déjà oubliée ?

Mon ton est glacial. James me donne un coup de coude.

— Désolée, mais Nina est mon amie et il me semble que tu sortais avec, non ? Je ne veux pas qu'elle souffre. Ni toi, Tara.

Mon amie, déjà sous le charme du beau médecin, ne m'écoute que d'une oreille. En vérité, je n'ai pas vraiment d'atomes crochus avec Nina et dire que c'est mon amie est légèrement exagéré, Dean le sait, mais le voir passer d'une femme à une autre sans remords m'énerve.

— Elle voulait aller un peu trop vite, m'apprit-il en souriant, mais merci de t'inquiéter de mon avenir amoureux.

Je grince des dents face à sa réplique amusée.

— Parfait alors, vous allez pouvoir faire connaissance ! Le mariage arrive si vite.

Le regard du médecin se rembrunit à la nouvelle évocation du mariage. Je le fusille du regard, mais il ne semble pas y faire attention.

# Chapitre 20

En sortant de l'ascenseur, je soupire de soulagement. La journée et la semaine se terminent pour moi. Le mariage n'est plus que dans trois jours et je trépigne d'impatience d'y être et de retrouver toute ma famille.

— Bon mariage, me souhaite Harold en me serrant dans ses bras.

— Vous êtes toujours invités, vous et votre femme !

— Elle détesterait ce genre d'événements. Trop de bruits. Trop de lumières, me répond-il en levant les yeux au ciel, un sourire entendu sur les lèvres.

Je n'insiste pas. Des mois que je tente de l'inviter, sans succès.

— On se voit bientôt.

Ma voix s'étouffe dans le brouhaha du hall de l'hôpital. Harold fait demi-tour, je suis persuadée qu'il va au chevet d'Eliot.

Leur amour est ce que j'espère pour James et moi, sans les interdits, bien entendu.

— Julia ! Julia !

La voix qui me hèle de l'autre bout du hall me fait lâcher un soupir. Monsieur le cardiologue parfait veut encore me parler. J'accélère le pas, mais ses immenses enjambées me rattrapent sans effort.

— Je dois te parler, vraiment…

Sa voix est plus sérieuse que d'habitude. Le timbre badin et charmeur a disparu. Ma curiosité l'emporte et je lui laisse le bénéfice du doute.

— Dépêche-toi, je suis déjà en retard.

Pour expliciter mes paroles, j'accélère un peu plus l'allure, ce qui ne semble pas le déranger. Ses pas se calent sur les miens et nous avançons d'un pas pressé entre les voitures. Je ralentis en voyant ma voiture et il se lance :

— Vas-tu te marier ?

Je fais les derniers mètres qu'il me reste, avant de répondre.

— Oui, bien sûr que je vais me marier !

Sa question me désarçonne. Comment peut-il croire que je ne le ferais pas ? J'active le déverrouillage automatique et ouvre la portière conducteur.

— Tu… Mais tu as vu la manière dont tu me regardes ? Tes yeux, ton corps… énumère-t-il, perdu.

Je me mords les lèvres, refermant ma portière.

— Dean, il y a une grande différence entre aimer quelqu'un et désirer quelqu'un. James, je l'aime. C'est une bonne personne, il…

— Tu ne le connais pas autant que moi alors, lâche-t-il en me coupant.

Je ne peux m'empêcher de rire à sa réplique idiote. Le beau blond perd de son assurance, le regard dans le vide.

— Non. Je vis avec lui depuis presque 6 ans, mais je ne le connais pas ! Il n'y a pas plus gentil que James, tu le sais aussi bien que moi. Tu l'as même traité de naïf, parce qu'il ne doutera jamais de moi. Et je ne lui en donnerai jamais plus l'occasion.

Acerbe, je m'apprête à rentrer dans ma voiture et partir quand il me prend par le bras.

— Demande-lui pourquoi j'ai fait médecine, dit-il d'une voix sèche.

Je l'observe sans comprendre. Sa main serre de plus en plus fort mon avant-bras que je tente de dégager.

— En quoi ton choix de carrière concerne mon futur époux ? Et lâche-moi !

Il desserre immédiatement son emprise, avant de s'éloigner sans un mot.

Interdite, je le regarde monter dans sa voiture, sans comprendre. Au loin, Nina m'observe. Je lui fais un léger signe de la main, espérant qu'elle n'a pas mal interprété ce qui vient d'arriver. D'ailleurs, moi-même je n'ai aucune idée de ce que c'était.

# Chapitre 21

Nina arrive en courant vers moi. Sa robe corail lui va à ravir et ses cheveux bouclés tombant en cascade derrière son dos mettent le reste en valeur.

— Où est Dean ? angoisse-t-elle.

Je ne relève pas, trop tendue pour répondre.

Il ne doit pas venir. S'il vient, je ne tiendrai pas. La culpabilité me ronge déjà bien assez.

— Il va arriver, la rassure ma mère.

Elle ne connaît pas vraiment Nina, mais je sens qu'elle l'aime bien. Moi aussi, d'ailleurs. Même si elle sort avec Dean, je l'apprécie. De toute manière, je n'ai aucune raison de ne pas apprécier une femme qui sort avec Dean, maugréé-je en mon for intérieur. La jeune interne retourne avec les autres invités, sans un mot.

Ma mère finit d'attacher la traîne au-dessus de la cascade de cheveux qui ornent mon dos. Des perles, à l'intérieur de la coiffure, tissent un léger cheminement qui met en valeur les détails de ma robe.

Les manches longues et transparentes qui couvrent mes bras permettent de tenir ma robe très échancrée à l'arrière, offrant un dos nu splendide, selon ma mère.

— La touche de bleu.

Tara s'avance vers moi et m'attache un petit bracelet de cheville aux perles bleutées reliées par une chaîne en or blanc. Je la remercie, les larmes aux yeux.

— On ne pleure pas, mademoiselle. Pour ma part, je t'offre ses boucles d'oreilles complètement neuves, je les sors juste de la boîte, s'exclame Amber en s'avançant pour me les mettre.

Elles aussi en or blanc, tombent le long de mon cou, gracieusement.

— Quelque chose d'emprunté, me glisse Tracy.

Ses doigts se referment autour d'un petit oiseau en argent qu'elle vient fixer dans mes cheveux.

— De vieux, rajoute ma belle-mère, les larmes aux yeux.

Je tends la main vers elle et reçois un petit anneau blanc que je glisse à ma main droite.

— Il manque plus que le penny dans ma chaussure…

Mon ton est ironique et fait rire mes demoiselles d'honneur.

— Il y est.

Je fixe ma mère étonnée, relevant difficilement le pied avec la robe.

— Dans le renfort en résine. Une demande spéciale après notre passage à la boutique !

Je souris en voyant la fierté de ma mère face à sa surprise.

— Merci…

Faisant un éventail avec mes mains, je m'oblige à arrêter de m'émouvoir pour ne pas ruiner des heures de maquillage.

— Prête ?

L'angoisse monte et je m'oblige à inspirer pour ne pas défaillir.

— C'est normal de douter, me souffle ma mère, l'important c'est de dire oui à la fin.

J'acquiesce, espérant ne pas m'évanouir ou m'enfuir en courant au beau milieu de la cérémonie.

— Officiellement, nous sommes mariés de toute manière. Les papiers sont déjà signés…

Je tente de me rassurer comme je peux. Ma mère m'offre un dernier sourire encourageant avant de rejoindre les invités.

C'est seule que j'ai décidé de remonter l'allée. Je n'ai jamais eu de père présent et malgré l'amour que je porte à ma mère, si j'en suis ici aujourd'hui, je ne le dois qu'à moi et à mon travail. Elle qui voulait m'interdire la faculté de médecine pour rester près d'elle.

En remontant l'allée, je croise le regard perdu de Nina. Mon instinct me pousse à observer les hommes d'honneur. Le premier manque à l'appel. Mon estomac se serre à chaque pas.

James a le visage fermé. J'ai peur de ce qu'a pu lui dire Dean.

La musique qui accompagne mon entrée se termine au moment où je pose le pied devant mon futur époux. Tremblante, je relève les yeux vers lui. Ses pupilles sont dilatées. Ce que j'y vois me rassure. Il semble émerveillé et amoureux. N'est-ce pas tout ce dont j'ai besoin ?

La cérémonie commence.

Des larmes coulent sur les joues de ma mère et de ma belle-mère, tandis que le reste des invités restent stoïques et silencieux.

La voix de James me sort de cette bulle surréaliste.

— Oui, je le veux.

Mon tour.

Mes yeux passent par réflexe sur l'assistance. Dean n'est toujours pas là. J'inspire.

J'aime James.

L'homme qui se tient devant moi. La stabilité et le réconfort.

Mon avenir. Ma bouche s'entrouvre. Tout le monde me fixe et je me perds à croire que le temps s'est arrêté. Qu'il me reste encore de longs mois à réfléchir.

À rêver de ce médecin aux cheveux blonds, à m'endormir dans les bras de cet adorable avocat… Mes lèvres sèchent, tandis que ma voix résonne dans la petite chapelle.

À suivre…

**Vous avez aimé votre lecture ?**
**Découvrez les autres romans des éditions So Romance**
**disponibles en format papier et numérique.**

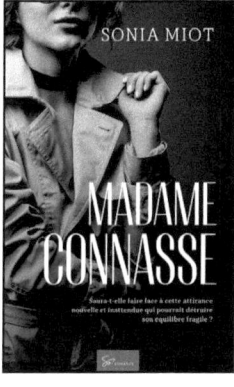

**Madame Connasse**

Agathe, cousine de Corentin Connard, reprend les affaires de Separagence. Après une année en Espagne à se remettre d'une fausse couche dans l'alcool et l'allégresse, elle revient affronter ses vieux démons : un ex-fiancé trompé, une famille abandonnée sans un mot. Et... comme si tout cela n'était pas suffisant, il fallait aussi que cette chère Ella, alias Miss Parfaite, alias la fiancée de son frère, débarque dans sa vie pour mieux la chambouler... Madame Connasse sera-t-elle la digne héritière de Monsieur Connard ?

**L'Amant de Pénélope**
**Tome 1 : Sous le ciel de Grèce**

Partir en Grèce pour une semaine de vacances ? Le paradis pour une passionnée des vases antiques, telle que Pénélope. Y retrouver sa sœur fraîchement mariée avec un jeune milliardaire ? Encore mieux. Cependant, Pénélope s'attendait à tout sauf à ce baiser grisant, volé par un inconnu dans les recoins sombres d'une bibliothèque... pour ensuite se rendre compte que cet inconnu n'est autre que l'archéologue qui l'accompagnera durant son périple. Un baiser peut-il vraiment tout changer ?

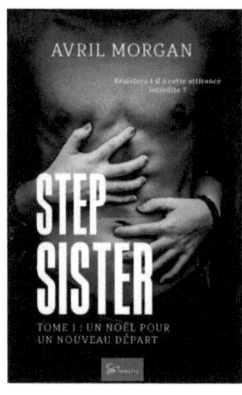

**Step Sister**
**Tome 1 : Un Noël pour un nouveau départ**

Gabriel avait tout pour être heureux : sa fiancée Amélie, un futur bébé, un travail prenant... Un bonheur ponctué de parts sombres : l'abandon de sa famille qu'Amélie ne peut pas supporter, la mort de sa mère et de sa soeur... Sans oublier cette impardonnable attirance qu'il a pour Amber, sa demi-soeur adoptée, et le lourd secret qu'ils portent à deux. Cependant, lorsqu'il reçoit une invitation de sa famille pour Noël, il ne peut la refuser. Arrivera-t-il à mettre un trait sur ce passé qui le ronge ? Saura-t-il résister à Amber ?

**Don't say that I love you**
**Tome 1 : Amour défendu**

Dans la famille Parks, tout le monde participe à l'entreprise familiale : les hommes sont stylistes, les femmes couturières. N'ayant qu'une fille, Soni, Clay Parks forme Drew, un jeune styliste, pour prendre sa suite à la tête de l'entreprise. Il le considère comme un fils. Difficile dès lors pour Drew et Soni d'assumer cette folle attirance qu'ils ont l'un pour l'autre... Autre détail : Drew a le double de l'âge de Soni. Toutefois, ils ont décidé qu'il ne se passerait rien entre eux, donc en théorie, aucun problème en vue... En théorie.

**Pour en savoir plus**
**www.soromance.com**

© Éditions So Romance, 2019 pour la présente édition

Lemaitre Publishing
159 avenue de la Couronne
1050, Bruxelles
www.soromance.com

D/2019/14.771/44
ISBN : 9782390450764

Maquette de couverture : Philippe Dieu
Photo : © Zoriana / Fotolia